カノジョの妹とキスをした
I kissed My Girlfriend's Little Sister
3
JN131341

「後戻りなんてさせない。絶対に。
忘れさせてやる」

時雨は伸ばした腕を俺の首に絡ませる。
チロリと赤い舌で唇を舐め、
まるで獲物に絡みつく蛇のように――

「へーここが博道さんの家なんですねー」

次の瞬間、晴香の背後から
聞こえてきた声に、俺は口から心臓を
吐き出してしまいそうなほどビックリした。

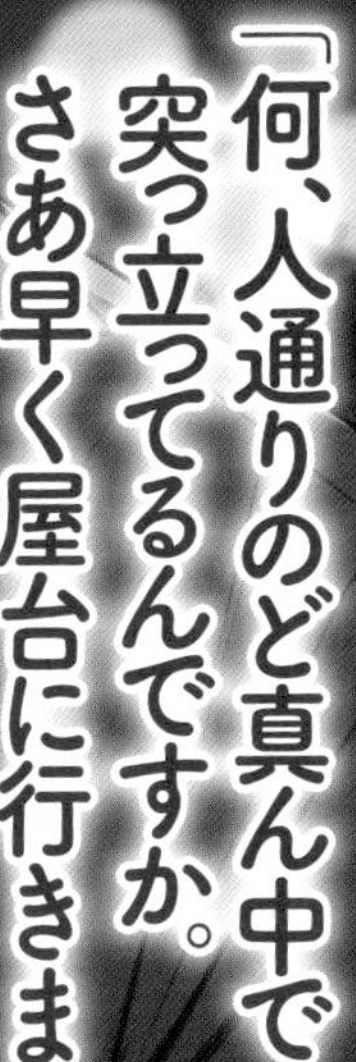

「何、人通りのど真ん中で
突っ立ってるんですか。
さあ早く屋台に行きましょう」

結局、時雨に強引に連れ出されて、
花火大会に来てしまった。
会場になっている河川敷には、
日が落ち切る前からすでにたくさんの
屋台が立ち並び、人も大勢集まっている。

カノジョの妹とキスをした。3

I kissed My Girlfriend's Little Sister

Contents

presented by MISORA RIKU　illust. SABAMIZORE

カノジョの妹とキスをした。3

海空りく

GA文庫

カバー・口絵・本文イラスト
さばみぞれ

第二十五話　むりやり×reスタート

私、佐藤時雨は生き別れた双子の姉、才川晴香のことが大好きだ。

天真爛漫で、愛嬌があって、優しくて、打算的じゃない。

自分にはない良いところをたくさん備えた姉に、ずっと憧れていた。

その気持ちは姉の彼氏である佐藤博道――母が再婚して出来た今の義兄に恋をしたときも変わらなかった。

恋敵として恐ろしく手ごわい相手だと畏怖することはあっても、姉本人を疎ましく思ったことなんて一度もなかったと思う。

だけど――

『えっちなことなんてしなくても、大好きだって気持ちは育っていくと思うから。ううん。むしろ、そうやって育つのが本当の愛だと思うから。欲望なんかじゃない。ただただお互いに慈しみあうピュアな関係。あたしは博道くんとそうなりたい』

兄の携帯から聞こえてくる姉の声。

泣き疲れ私の膝(ひざ)で眠る兄の傍(かたわ)ら、留守番メッセージに記録されるその言葉を聞いていた私の胸の中に、恐ろしく冷たい感情が滴(したた)り落ちてくる。


兄の話や姉の言葉から、二人の間に今日何があったのかは凡(およ)そわかった。

どうやら兄はとんでもない失敗をしてしまったらしい。


彼はここ最近ずっと思い悩んでいた。

海でのキャンプで姉に拒絶されて以降、姉との距離が測れなくなったことに。

どこまでなら近づいていいのか。どこまで近づくとまた拒絶されてしまうのか。

その間合いを気にして、し過ぎて、姉と一緒にいる時間が辛いものになっていた。

だから、このままではいけないと思ったのだろう。

彼は妊娠を理由に性に対する抵抗感を露(あら)わにした姉に、自分が口だけで姉の心や体を気遣(きづか)っているわけではないと示すため、避妊具を用意したようだ。

だがそれが姉の逆鱗(げきりん)に触れた。

これは……仕方がないことだと思う。

姉が今しがた留守電に語った私達の両親の離婚。そのきっかけにもなった彼女にとってのトラウマだから。

それに姉は私とは違い不貞を働かれた父に引き取られ、育てられた。

そのあたりも彼女の恋愛観に影響を与えているのだろう。

……まあ、そうでなくても彼女とはいえ女性にいきなり避妊具を見せるのはこう、我が兄もとことん錯乱していたんだなと思う。

ビンタの一発程度は常識の範囲内ではないだろうか。


だけど、仕方がないのはそこまでだ。

避妊具を出してきた兄を叱りつけ、拒絶感を示すまで。

人間どうしても受け入れられないことの一つや二つはある。それを明確に示して、喧嘩をして、互いの価値観をすり合わせるのは何も悪いことじゃない。というよりもそれは避けるべきではない衝突だ。


でもそこから先、つまりこの留守電は別だ。

姉に信頼されたくて空回りした兄を手ひどく罵り、叱りつけ、追い出しておいて、舌の根も乾かぬうちに今度は結婚したいとまで言い出す。

それも……両親の離婚を端とするどうしようも無いトラウマという、自らの正当性を絶対のものにする理由を添えて。

それは、あんまりじゃないか。

だって、こんな話を聞かされたら兄はどうなる。

い、い、い、い、い、

何も言えなくなる。

自分の愛情をわかってくれない姉を責めることもできないし、かといって自分を愛していると言ってくれる姉から距離をとることもできなくなる。

いやそれどころか兄の性格なら、彼女がこんなにも真面目に自分との将来を考えてくれているのに、妹に弱音を吐いて頼ろうとするなんて、自分はなんて軽薄な男なんだと、自分を責め立てるだろう。

そう、あのキャンプの夜のように。

姉は悪くない。全部自分が悪い。自分は我慢しないといけない。傷ついた可哀そうな女の子のために、気持ちを押し殺し、どんなに寂しくても耐えないといけないと。

どれだけ寂しくても、辛くても、苦しくても――

彼は優しいから。

自分にできる限りのいっぱいいっぱい、他人に優しくあろうとする人だから。

そういう人だって、恋人なのになぜわからない？

この電話がどれだけ兄を追い詰めるかが、どうして想像できない？

……いや、わからないはずがない。

姉はわかっているんだ。

意識的ではないにしろ、無意識下では思っている。

優しい兄は、こう言えば自分から逃げられなくなると。

自分が兄に見限られることなんて微塵も考えていないに違いない。

まったくあんな愛らしい笑顔を振りまきながらなかなかどうして、大した魔女じゃないか。

この留守電はまるで首輪だ。

喉（のど）を締め上げ、不平不満すべてを飲み込ませ、飢えども渇けども逃げ出すことすら許さず自分の家の庭先につなぎ止めておく鎖のような言葉。

それを聞いたとき生まれて初めて、私は姉に『憎悪』を抱いた。

そして同時に思った。

こんな言葉を兄には聞かせられないと。

――晴香のこと、忘れさせてくれ。

そう口走るほどに追い詰められながら結局私に何もしなかった不器用なほど誠実たろうとする兄が、無理解な姉に傷つけられるのを私はもう見ていたくない。

だから――私は留守電メッセージを記録中の兄のスマホ、その通話ボタンを、押した。

「ずいぶんと手前勝手なことばかり言うんですね。姉さんは」

そして衝動のままに、後先も何も考えないで言葉を叩（たた）きつける。

今まで姉に向けたことがない、冷たい声音で。

秘密にしている私と兄の兄妹関係や、私と姉の姉妹関係、すべての均衡を否応なく破壊する言葉を。だけど――

『ホント……今日はごめんなさい。また顔見て謝らせて』

姉からの反応はなかった。

理由は簡単だ。

なけなしの理性が、押したボタンをスワイプしなかったからだ。

『あ。パパが帰ってきたから、そろそろ切るね。……あとで、ＬＩＮＥでもいいから、話ができたら嬉しいな。それじゃあ』

そうこうしているうちに姉からの通話は切れ、留守番メッセージの録音も終わる。

致命的な一言は姉に伝わることはなかった。

私はため息を吐き出す。

姉に余計な一言を言わなかったことへの安堵——じゃない。

自分が、自分自身ですら嫌悪するようなクズになる手前で踏みとどまれたことへの安堵だ。

まったく、……佐藤時雨。お前今、何を考えていた？

兄が可哀そう？　姉に傷つけられる兄を見ていたくないだって？

よりにもよってお前が義憤を語るのか。

姉という恋人がいることを知りながら、兄の唇を勝手に奪い、彼の初恋を狂わせたお前が兄のために怒るのか。


「図々しい」


私の中にある感情は義憤なんて格好のつくものじゃない。

私はただ嫌なんだ。姉が私以上に兄の感情を揺り動かすのが。

姉を通してでしか触れてさえもらえない自分との差が、許しがたいほど妬ましいのだ。

身を焦がすほどの嫉妬。

それを義憤なんて似合いもしない衣をまとって誤魔化そうとするな。

そんな資格はないし、なにより——勿体ない。

だってこれは、あれだけ大好きだった姉との関係を、何もかもぶち壊してでも手に入れたいと思った、私の初恋なのだから。

「……ごめん、時雨…………」

私の膝の上で眠っている兄が身じろぎをする。
夢の中で彼は私に何を詫(わ)びたのだろう。

『だったら抱かせろよ』

そう言って、姉に拒絶された苛立(いらだ)ちを私にぶつけようとしたことだろうか。
弱っている彼に付け入って、そう求めるように仕向けていたのは私なのに。
それでも自分を責めるしかできないのだ。彼という人間は。

そんな弱さが愛おしい。
そんな優しさが愛らしい。

眉(まゆ)を顰(ひそ)める彼の夢見が少しでも良くなるように、私は彼のおさまりの悪い髪を撫(な)でる。

「大丈夫。おにーさんは悪くないんです。だからそんな顔しないでください」

……決めた。

姉が彼を庭先に首輪で縛り付けて、自分の気の向いた時しか愛さないというのなら、大いに結構。私はそんな姉の代わりに彼にすべてを与えよう。

彼の飢えを私が満たす。
彼の渇きを私が潤(うるお)す。
彼の凍えも私が温める。
今までのように姉の代わりじゃない。私として。時雨として。
彼が望んだ通り、——姉を忘れさせてあげようじゃないか。

『俺(おれ)は、時雨よりも晴香が好きなんだ』

もう二度とあんな言葉が言えなくなるように。

きっと優しい彼は姉を想ってそれを拒むだろうけど、知ったことじゃない。
有無を言わせない。
い、い、い、い、い、い、い、い、
そうすることが私にはできるのだから。

「この人の優しさを利用できるのは貴女だけじゃないんですよ。姉さん」

×　×　×

目を醒ました時、俺は部屋に一人だった。
書き置きによると時雨は晩御飯を買いに出たそうだ。
そういえば今日は家に何も用意していないと言っていたっけ。
俺が晴香と喧嘩になって、一緒に夕食も食べずにさっさと帰ってきたから……。

「…………っ」

誰もいない部屋の真ん中で寝そべる俺は、照明を見上げ顔を顰める。
眩しいからじゃない。

胸の奥から焼けつくような後悔と自責の念がこみあげてくるからだ。

晴香からの留守電を聞いた。


知らなかった。晴香と時雨の両親がそんな別れ方をしていたなんて。

時雨ともそんな話はしないから。

晴香が性の話題にトラウマを持っているのも当然だ。

なのに俺は、そんな晴香になんてことを……。


釈明させてもらえば、別に晴香と今すぐそういうことがしたいからってコンドームを買ったわけじゃないんだ。俺も。

俺はただあの海の一件で損なった信頼を取り戻したかっただけだ。

一時の気の逸(はや)りで間違いを犯したくないと警戒する晴香に、俺はそんな考えなしなことはしないと、言葉だけじゃなく、ちゃんと形を伴う『準備』を示して俺が晴香を大切に思っていることを知ってもらいたかったんだ。

でも……その一方で、晴香を性的な目で見たことがないとも言えない。

結局はそういう俺の性根(しょうね)が晴香を怖がらせたんじゃないか。

「……心を入れ替えないとな」


好きという気持ちを伝えるのに、人の言葉は少なすぎる。

だからキスして、触って、伝えたい。知ってほしい。それを怖がらないでほしい。

そう思っていたけど、晴香にそんなトラウマがあるなら、そんなことを想っていては駄目だ。

相手を思いやり、相手を自分よりも大切にする。

晴香の言うような、晴香が望んでいる、ただただ互いを慈しむ『本当の愛』を晴香との間に育んでいこう。

俺は二度と晴香に愛情を押し付けたりしない。

そうしたいと思っても、我慢する。晴香が許してくれる日まで。


大丈夫。我慢できる。

だって、あの恥ずかしがり屋の晴香が、俺と結婚したいとまで言ってくれたんだから。

体の接触は拒むけど、心では求めてくれてる。心さえ繋がっていれば十分のはずだ。


「ただいまー」

俺がそう自分に言い聞かせていると、買い物に行っていた時雨が帰ってきた。

両手にネギやら大根の葉っぱやらが飛び出した買い物袋を下げている。


「あ。もう起きてたんですね。おにーさん」

「……時雨」

「少し待っていてくださいね。手早く仕上げてしまいますから」


……ああそうだ。俺が詫びなきゃいけないのは晴香だけじゃない。

さっき俺は時雨にとんでもないことを言った。

好きなんだったら抱かせろって。

俺を求めてくれない晴香に対する不満を、ただ双子というだけで時雨に叩きつけたんだ。

ちゃんと謝らないと。

俺は立ち上がるとキッチンに向かった。


「あの、時雨……さっきは、ごめん」

「さっき……？　なんのことですか？」

「……その、抱かせろなんて、変なこと言っただろ」

するとと時雨はクスリと口元に柔らかい笑みを浮かべた。

「別に気にしていませんよ。おにーさんは結局私に何もしませんでしたし」

……優しいな。時雨は。

彼女はどんな時も俺の味方でいてくれる。

俺が欲しいものを欲しい時にくれる。

でも、思えば俺はそれに今まで頼りすぎていた。

駄目だ駄目だと思いながらまるで酒におぼれる大人みたいに、悪い習慣になっていた。

その結果がさっきの軽率な言葉なわけだから、こういうのはもう終わりにしないといけない。

これからは心を入れ替えて、晴香の結婚したいという言葉を信じて、『本当の愛』を育てていくんだから。

そう、だから時雨にはもう――

「というより、むしろ嬉しかったくらいですから」

「……嬉しい？」

「当然でしょう？　だっておにーさんが、初めて『時雨』を欲しがってくれたんですから。姉さんを好きな気持ちを忘れないために、双子の私の中に姉さんを見ていたおにーさんが、初めて姉さんを忘れるために私を求めてくれたんだから」

「……うぇっ⁉」


ま、まて、そ、そういうことになるのか⁉

いや、確かに忘れさせてくれと望んだ。

望んだけど、でもそれは晴香の事情を知らなかったからだ。

晴香にどうしようもない事情があるのも知らずに彼女に勝手に失望したから。

それを知った今は晴香のことを忘れたいなんて思ってない。

ま、マズい。この誤解はすぐに解かないと。


「い、いや、あれは違うんだ！」

「違う？」

「あの時はちょっと自棄（やけ）を起こしてたっていうか、気持ちがぐちゃぐちゃになって考えなしに口走ったというか……」

「つまり嘘だったということですか？」

「いや、嘘ってわけじゃないんだけど、その」

「おにーさんは、私がおにーさんを好きだということを知っているのに心にもないことを言ってからかったんですか？」

「い、いや、からかった、わけでもなくて、」

「おにーさんは、姉さんじゃなく私の心だったらどれだけズタズタにしてもいいんですか？おにーさんにとって私はそんなにもどうでもいい人間なんですか？」

「う、ぅ……」


言われてみれば俺って今かなり最低じゃね⁉

時雨が俺を好きなことを知りながらあんなことを言っておいて、でも舌の根も乾かないうちに気が変わったからなかったことにしてとか、心を入れ替えてこれからは時雨に頼らないようにするよとか、どんだけ身勝手よ⁉　俺！

時雨に対してあまりに気遣いがなさすぎる。

俺を好きでいてくれる時雨の気持ちを都合よく利用して、縋りついて、用済みになったらポイ捨てとか、兄とか男とかそういう細かい範囲じゃなく、人間として最低だ。

……だけど、だけどだ。

正直バツは悪いけど、この問題、後回しにしても何もいいことはない。

俺は晴香とこれからもう一度向き合っていくって決めたんだ。傷ついた晴香のためにまた頑張ろうって。だったらここを濁(にご)していちゃ駄目だ。


「っ、ごめん!!」

「……」

「俺、知らなかったんだ。二人の両親がひどい別れ方をして、それが晴香のトラウマになってたなんて。知ってたら、晴香が本当は俺のこと好きじゃないんじゃないかなんて、考えもしなかった！

だけどさっき晴香から電話を貰(もら)って、そのあたりのことを教えてもらったんだ。今はもう晴香を疑おうなんて思わない。

だから、その、さっき言った変なことは忘れてほしい！　時雨に散々甘えておきながら身勝手なことばかり言って、時雨のこと傷つけてるのはわかってるけど、もう一度晴香とやり直したいんだ。……だから、ホントごめん！」

俺は正直に自分の気持ちを告げて誠心誠意頭を下げた。

このうえ下手な言い訳は時雨に対して失礼なだけだと思ったから。

俺にできるのは俺の真剣さを伝えること。

大丈夫。時雨は優しい子だ。きっと話せばわかって――

「嫌。忘れない」

くれると思ったんだけど、返ってきたのは予想外にキツめの拒絶だった。

ど、どうしよう。正直嫌と言われても、困るんだが……。

「おにーさんは一つとんでもない勘違いをされていますね？」

「え？」

「私がおにーさんのことを優しく慰めていたのは、私が優しいからでも、おにーさんを可哀そうに思って同情したからでもないんですよ。

私はただ少しでも貴方に振り向いてほしかっただけ。

理由をこじつけてでも貴方に触れていたかっただけ。

貴方のことが好きだから。

そんな女が、やっぱり姉さんともう一度頑張りたいなんていう戯言を、許すと思いますか？　許すわけがないでしょう。手段を選ばずに台無しにするに決まっているでしょう」

「し、時雨……？」

だ、台無しって、なんだよその物騒な響きは。いったい何を——

「だから私の返答はこうです。もしおにーさんが今後、私を拒むようなら、今日までのこと、姉さんにずっと内緒にしてきたこと、——全部姉さんにバラしますから」

ッッッ!?!?!?

「私達が兄妹になったことはもちろん、同居していることも、姉さんに内緒でおにーさんが私とキスしていたことも、どれだけ可愛らしく甘えてきたかということも、そして、さっき私に向かって言った言葉も、何もかもを姉さんに喋ります。……さてここで問題です。それを聞いた姉さんは、おにーさんとやり直してくれるでしょうか？」

とんでもないことを口にしながらクスクスと笑う時雨に俺は絶句した。

だって、その目が全然笑ってなかったから。

時雨の双眸は、燃えるような情愛と執着で爛々と輝いている。

その中に映る俺を焼き尽くさんばかりに。

本気だ。時雨。俺が時雨を蔑ろにしようとすれば、時雨は本当に何もかもを、今俺達の間に存在する均衡を保つ糸を、自分の感情に任せて断ち切るつもりなんだ。

もしそんなことになったら、俺が晴香の愛を疑って、その不安を誤魔化すために酒に溺れる大人みたいに時雨を頼っていた醜態がバレたら――やり直せるわけがない。

きっと何もかも壊れてしまう。

「おわかりですか？　おにーさんは今からでもやり直しがきくと思っているみたいですけど、とんでもない。おにーさんはもうとっくに後戻りできないところにまで来ているんですよ」

そして伸ばした腕を俺の首に絡ませる。

チロリと赤い舌で唇を舐め、まるで獲物に絡みつく蛇のように――

「そう。後戻りなんてさせない。絶対に。忘れさせてやる」

湿った唇が俺の唇を食(は)む。

俺はさながら蛇に睨(にら)まれたカエルみたいに動けないまま、捕食じみた口づけを受け入れる。

唇から伝わる熱がまるで毒のように全身をジワリと蝕(むしば)んで、眩暈(めまい)にも似た感覚を覚える。

頭蓋の中で時雨の吐息と唾液のこねられる音ばかりが大きくなって、
今しがた抱いたばかりの『心を入れ替える』という決意が遠くなって、
心臓が痛いくらいに高鳴った。

ドクドク、ドクドクと。

それが時雨の脅迫による不安からなのか、それとも興奮からなのか、その時の俺には判別できなかった。

カノジョの妹とキスをした

I kissed My Girlfriend's Little Sister

第二十六話　なやめる×ブラザー

『信じられない！』

『お、落ち着いてくれ晴香(はるか)！』

見たことがないほど眉(まゆ)を吊(つ)り上(あ)げた晴香が怒鳴っている。

俺(おれ)は何とか話を聞いてもらおうと晴香の手を掴(つか)むが、それは力任せに振り払われてしまう。

『落ち着けないよ！　時雨(しぐれ)と兄妹になってずっと一緒に住んでたこと、ずっと黙っていたなんて……！　どうして教えてくれなかったの⁉』

『そ、それは、自分と瓜二つの妹が恋人と二人っきりで生活してるなんていきなり話したら、晴香がショックを受けると思って……。ほんとただそれだけで――』

『違いますよねぇ。おにーさん』

『時雨⁉』

突然耳元から時雨の声が聞こえてくる。

時雨は俺を背中から抱きしめるようにもたれかかっていた。

お前、いつの間に後ろに……！


『姉さんのためなんて嘘（うそ）。ホントは姉さんに隠れて、私とイチャイチャするのが楽しかったんですよねぇ。おにーさん』

こいつ、晴香の前でなんてことを……！


『博道（ひろみち）くん、時雨とキス、したの……？』

『ち、違う！　誤解だ！』

『誤解じゃないですよねぇ？　おにーさん、私と何回キスしましたっけ？　もしかしたら姉さんとした回数より多いんじゃないですかぁ？　ほら、いつもみたいに抱きしめて『好き、大好き、晴香より大好き』って言ってくださいよぉ』


そんなこと言ったことないだろっ！

文句を言いたいが今は晴香に釈明（しゃくめい）しないと！

『聞いてくれ晴香！　た、確かに時雨と、そのキスはした、んだけど、その時も俺はずっと晴香のことだけを考えてたんだ！　好きってのも晴香に向かって言った言葉で――』

『やっぱりキスしたんだ……ッ！』

『う……』

『ひどい……！　私、博道くんと結婚まで考えてたんだよ……！　それなのに、博道くん私に隠れて浮気してたんだ！　よりにもよって私の妹と！　最低!!　不潔!!　大っ嫌いッ!!』

『待ってくれ晴香！　晴香ーッ!!』

「はっ……！」

突然目の前の景色が見慣れた天井に変わる。

ゆ、夢か……。よかった……。現実だったらどうしようかと思った。

「好き……。僕は妹の時雨のことが大好き……。恋人の姉さんよりだーい好き……」

あれ、でも夢から醒めたのになんで時雨の声が聞こえてくるんだろう。

不思議に思って首を動かすと、身をかがめて耳打ちする時雨と目が合った。

「……おい時雨」

「あら。おはようございますおにーさん。起きてたんですね」

「なにをやってるんだお前は」

「んーと。起こそうと思ったら寝言で姉さんの名前を呼んでいるのがなんかムカついたので睡眠学習を試みてみました。効果のほどはどうですか？」

「二度とやるな頼むから」


ニヤリと犬歯を見せて笑う時雨。

こんな意地の悪い表情でも愛嬌があるんだから美人ってのはほんと得だと思う。

剛士だったら殴ってる。


「さあ早く布団を片付けてください。もう朝ごはんは出来てますよ」


言われてみれば、部屋には美味しそうな香りが漂っている。

夏休みだというのに時雨の生活リズムは変わらない。

朝早くに起きて、登校していた頃と同じ時間に朝食をとれるよう準備している。

立派なことだ。でもせっかくの夏休み。もう少し自堕落に過ごしても罰は当たらないんじゃないか。……嫌な夢を見たせいで気だるいし。

「あと四時間だけ寝かせてくれ……」
「だけって言えるような時間じゃないでしょそれ」
「夏休みなんだからいいだろぉ。別に……」
「一度ズボラに慣れたら元に戻すのが億劫になるでしょ。大体おにーさん今日は朝からバイトじゃないですか。ほらさっさと起きる」

むー、そうだった。流石に遅刻はまずい。

げしげしと布団越しに踏みつけられながら、俺は渋々起き上がった。

そして布団をたたんで、顔を洗うためシンクに向かう。

顔にこびりついた眠気をそぎ落として戻ってくると、部屋の真ん中にテーブルが置かれ、朝食の準備が整えられていた。

今日の献立は……フレンチトーストか。

「「いただきます」」

いつも通り、二人一緒に朝食を食べる。

フォークを軽く押し込むだけで簡単に切り分けられるほど柔らかいフレンチトーストは、口に入れるとカスタードクリームのようにとろりと溶ける。

その優しい甘さは朝のすきっ腹には格別の美味しさだ。

「ふふっ」

俺の顔を窺(うかが)っていた時雨が嬉(うれ)しそうに目を細める。

その優しい眼差(まなざ)しが少し気恥ずかしい。

俺は誤魔化(ごまか)すように飲み物に手を伸ばす。

ミルクティかと思ったそれには仄(ほの)かにスパイスの香りがした。

「アイスチャイです。ネットの料理動画で美味しそうだったから作ってみたんですけど、どうですか?」

「うん、美味い。普通のミルクティより俺は好きかも」

「おにーさん、朝は甘い物が好きですもんね」

「え？　そうか？　あー、でもあんま意識したことないけど、起き抜けはそうかも。一人のときもたまに朝食をとるときはチョコチップのパンとか、メロンパンスティックとか食ってたし。……よく見てるな」

「こうして毎日朝ごはんを一緒に食べてもう三ヵ月ほどになりますからね。好みの把握(はあく)くらいはできますよ」

「…………」


三ヵ月。

そうか、俺達はもう三ヵ月もこうして一緒に生活してるのか。

それがあっという間に思えるのは、それだけ楽しかったからだろう。

時雨が来てからというもの、一人でいるときとは比べものにならないほど毎日が楽しくなった。


同い年の、それも恋人と瓜二つの異性。

そんな女の子との同居生活なんて、非モテをこじらせて異性に対して苦手意識バリバリだった三ヵ月前の俺には考えられないことだったけど、今ではそれが当たり前になっている。

なんならすこしくらい雑に扱ってもいいだろうという、居心地のいい安心感すら感じている。

こういうのを信頼というんだろう。

それもすべては時雨がそっと手を引いてくれたからだ。

あの意地の悪い笑顔も、もちろん地の性格というのもあるだろうが、それをあえて見せてくれたのは、異性に対して緊張してしまう俺が俺自身の心を見せやすいようにするためだ。

だって時雨は学校ではあんな悪い顔、絶対に見せないから。

もし時雨が学校で使っているような優等生顔で接してきていたら、俺みたいな不器用な男は今でも打ち解けることなく、時雨と間合いを測りながら生活していたことだろう。

日々の食事の用意だけじゃなく、時雨は本当に俺によくしてくれてる。

俺の心を気遣ってくれている。

だからこそ――

『おにーさんが今後、私を拒むようなら、今日までのこと全部姉さんにバラしますから』

あんなエゴイズムをむき出しにした脅迫（きょうはく）をしてくるなんて、予想していなかった。

……一体どこまで本気なんだろう。

まさかこれから毎日のように、俺を脅迫して昨日みたくキスを迫るつもりなんだろうか。

いや、でも、そんなふうにキスをしたところで気持ちが伴わなければ意味なんてない。

それは初めてキスをしたときに時雨自身が言っていたことでもある。だから……


「……ふふ。でも考えてみるとおかしな話ですね」

「え？　なにが？」

「恋人である姉さんは、おにーさんの起き抜けの可愛い顔を見たこともなければ、食事の好みだって知らないのに、姉さんの妹である私はそれを全部見ているし、知っているんですもの。これではどちらが恋人かわかりませんよね」

「う」

「なんなら私が姉さんに教えてあげましょうか。彼女なら食事の好みくらい知っておいた方がいいでしょう。クスクス」


こ、こいつ、チラつかせてきよる！　ナイフの刃をこれ見よがしに！

お前の生殺与奪は自分が握っているんだぞと。

今ので理解した。

時雨は昨日の一回で済ますつもりはない。本気で俺を脅迫し続けるつもりなんだと。

それは、かなりマズイ。

俺は晴香の恋人として、トラウマを抱える晴香のために清く正しい恋愛をしないといけないのに、その裏で時雨とキスを重ねるなんて論外だ。

そんな有様で『本当の愛』なんて育めるわけがない。なんとかやめさせないとダメだ。


「あ、あのさ時雨」

「なんですか。おにーさん」

「確かに俺は自分の都合ばかりで、時雨に滅茶苦茶ひどいこと言ってると思う。時雨が不愉快に思うのは当然だ。でも……晴香は電話で俺と『結婚したい』とまで言ってくれたんだ」

「だから？」

「あの恥ずかしがりな晴香がそこまで言ってくれたなら……俺も頑張りたい。晴香を悲しませたくない。だから、その、俺の不甲斐ない話は秘密にしてくれないか」

「大丈夫ですよ。ちゃんとこの家でおにーさんと何をしていたかは、私の胸にしまっておきます。おにーさんが私にも優しくしてくれる限りは、ね」

「……妹として、ちゃんと大切にする」

「そういう意味じゃないってことは理解してますよね？」

すぅ、と時雨の目が鋭く細められる。

それは昨日俺を脅迫してきたときと同じ目で、俺は地雷を踏んだと確信した。

「おにーさん。『愛してる』って言ってください」

っっっ……！

「な、なんでいきなり……」

「んー？　なんとなく。好きな人からはいつだって言われたい言葉じゃないですか。それに、どうもおにーさんがまだご自分の立場を理解していないようなので」

「い、言わない」

「えー。ダメなんですか？　だったら私もおにーさんのお願い聞くのやめちゃおうかなぁ。姉さんに全部バラしちゃおっかなぁ」

ニヤニヤ、テーブルに頬杖をついて時雨は俺を嬲るように言う。

「こ、こんなことをしても何の意味もないだろ。口先でなんて何とでも言えるんだから」

「何とでも言えるならいいじゃないですか。ほらほら〜♪」

ふざけるような軽い口調だけど、目は笑ってない。

今の時雨に逆らうのはかなり怖い。

従うしかなかった。

「………………あい、してる」

「視線逸らさない。ちゃんとこっちを見て。ハイもう一度」

せめてもの抵抗もむなしくリテイクをくらう。

「アイシテル」

「……もう一度ふざけたら許しませんから」

どうあっても逃げられない。

ああもう言えばいいんだろ言えば！

どうせ言葉だけだ。上っ面だ。なんてことはない。無理矢理言わされる言葉。そんなものを口にしたって俺のもう一度晴香と向かい合いたいという決意は変わらない。

こんなことで時雨の望みは叶わない。ただ俺と時雨の心の距離が開くだけだ。当然だ。嫌なことを無理やりさせられてるんだから。

こんなの嫌悪感しか覚えない。

そうだ。こんな意地悪な時雨は嫌いだ。

嫌い、嫌い、嫌い、嫌い、嫌い、嫌い、嫌い、嫌い――――


「っっ～～～～～～～」


こんなに心の中でいっぱい嫌いって言ってるのに、なんで俺ってやつは時雨と目を合わせただけでこんなにもドキドキしてるんだよバカ野郎……！

じっとテーブルの向かいに座る時雨の大きな瞳を見つめると、心臓が跳ねる。

頬だけじゃなく、体全体が芯から熱くなってくる。

こんな有様で『愛してる』なんて口にしたら、それが自分でも嘘か本当かわからなくなりそうで怖い。

でも言わずに済ませられる雰囲気でもない。

逃げ道は脅迫によって断たれている。

俺は、覚悟を決めて口を開いた。


「っ、愛、して……る…………っ～」


時雨から目を逸らしながらようやく絞り出した言葉は、滅茶苦茶たどたどしかった。

こんな意味のない言葉に本気で照れて、ドキドキしてしまうなんて、情けない。

案の定、そんな俺の醜態を見た時雨はニヤニヤ意地悪く笑う。


「ふふふ。何とでも言えるという割にはお顔が真っ赤ですよぉ？」

「う、うるさい」

「でもこの無理矢理言わせる感じ、案外悪くないですね。ちょっとクセになりそうかも。まあ最後目を逸らしたのは減点ですけど。可愛かったので許してあげます♪」

「ぐぅ……」

「今日のシフトは夕方までですよね。お弁当作ってるんで、持って行ってくださいね」

言うと時雨は席を立つ。

その背中を見送りながら俺は大きなため息を零(こぼ)した。

……俺がこうなってしまうのは、時雨が晴香の双子の妹だからだ。恋人と同じ顔が目の前にあったらドキドキするのは普通だ。別に時雨相手にドキドキしていたわけじゃない。

そんな言い訳を自分自身にしながら、俺はこれからどうしたらいいのかを考える。


やっぱり、こんな脅迫はやめさせないといけない。

でもどうすれば時雨に脅迫を取り下げさせられる？

誠心誠意お願いするのは無駄だった。

じゃあ逆に無理矢理迫ったら？

……危険だ。今の時雨はどんな風に暴発するかわからない。

俺と晴香の恋人関係はもはや時雨の協力なしには維持できないのだから。

あまり時雨を怒らせすぎるのは得策(とくさく)じゃない。

せめてなにか、同じように弱みを握れたら交渉(こうしょう)のしようもあるのかもしれないけど……、

「きゃあああっ!!!!」

そのときだった。

キッチンから時雨の聞いたこともないような悲鳴が聞こえてきたのは。

×　×　×

悲鳴が聞こえた瞬間、俺はそれまでの思考の一切を手放して立ち上がった。結果、しこたま膝をテーブルに打ち付けてしまったが、歯を食いしばって堪えてキッチンへ向かう。

「どうした！」

「おにーさんっ！　あ、あああ、あれ！」

そこには見たこともないほどに青ざめ、余裕を失った時雨がへたり込んでいた。

あの時雨がここまで取り乱すなんてただ事じゃない。

いったい何が――

俺は時雨が震える指先で指し示す先を見やる。

そこには、…………キッチンの壁に張りついた蜘蛛が一匹いるだけだった。

「……ただの蜘蛛じゃねーか」


思わずガクッと力が抜け、へたり込みそうになる。

すごい悲鳴をあげたから何事かと思えば、なんて人騒がせな。

だが気が抜けた俺に時雨は抗議してきた。


「ど、どこがただの蜘蛛なんですか！　わ、私の手のひらよりも大きいじゃないですか！」

「アシダカグモだ。夏にたまに出るんだ。ウチはボロい木造アパートだから、あちこち隙間だらけでゴキブリとか蜂とか、ハクビシンなんかも入ってくるんだよ」

「う、嘘でしょう……」


まったく残念ながらホントだ。

でもそんなろくでもない連中の中ではこの蜘蛛はＳＳＲだ。


「今年はちゃんと来てくれたんだな。よかったよかった」

「な、なにを喜んでるんですか？　理解できないんですけど……！」

「学年次席さんは知らないのか。アシダカグモはゴキブリを退治してくれるんだよ。一匹いればその家のゴキブリを全部駆逐してくれる歴戦の軍曹なんだぞ」

「こ、こここんな妖怪と一緒に暮らすくらいならゴキブリと一緒に暮らした方がマシですよ‼」

……まあ確かに妖怪じみてると言えなくもない。

何しろゴキブリを喰うだけあってアシダカグモはとにかくデカい。

蜘蛛が嫌いな人間にはゴキブリ以上に受け入れられないビジュアルだろう。

そして反応を見る限り時雨はそういう人間らしかった。

「お、おにーさん、早く外に、外に追い出してください！」

「えーもったいない。軍曹は害虫を喰ってくれる上に糸も張らないから、本当に益虫の見本みたいな虫なんだぞ」

「いやもうビジュアルが有害ですよ！　見た目だけでおつりがくるくらい害虫ですよこんなの！　いいから早く追い出して！」

そう叫ぶ時雨の声が大きかったからか。

俺が何かをする前に軍曹は恐ろしいほどの俊敏さで動き出し、窓から外へ逃げ出していった。

それを見届けた時雨は、大きく安堵の息を零す。

「はぁぁぁ〜……」

「意外だな。時雨って蜘蛛が苦手なのか」

「……べつに普通のサイズの蜘蛛は平気ですよ。でも限度というものがあるでしょう。はぁ、せっかくおにーさんをいじめて楽しかった気分が台無しですよ」

「天罰だな。間違いない」


人を脅迫なんてして楽しむからだ。

いまだに床にへたり込む時雨を見て、すこしざまあみろと思う。

でも普段あれだけ付け入るスキを見せない時雨が、こんなにも取り乱すなんて。

……あれ。

もしかして、これを上手（うま）く使えば、俺への脅迫を止めさせられるんじゃないか？

×　×　×

時雨の蜘蛛嫌いを利用するアイデア。

その日、俺はバイト中色々と考えたけど、結論から言えば徒労（とろう）だった。

肝心の蜘蛛そのものを俺のコントロール下に置くことができない以上、脅迫し返す材料としてはどうにも使い勝手が悪い。

ペットの蜘蛛も探せば売ってはいるんだろうが、時雨の蜘蛛嫌いを知った今そんなものを買うのは嫌がらせが露骨すぎるし、なにより俺もそんなペットは欲しくない。

別に俺も蜘蛛が好きというわけじゃないしな。

結局、一日が終わり、部屋の電気を消して布団に横になる段になっても、振り出しに戻っただけだった。

「……もう寝よう」

枕(まくら)にあれこれ考えすぎて重たくなった頭を預ける。

と、――そのときだ。

俺と時雨の部屋を仕切る襖(ふすま)が、やや遠慮がちに開いた。

「あの、おにーさん。起きてますか」

「ん？　どうした？」

目を向けると、部屋の境界線上に寝巻の時雨が枕を抱いて立っている。

こんな時間に時雨が起きているのは珍しい。時雨は朝食の用意のため俺よりいつも早く起きる分、早く寝るからだ。

いったいどうしたんだろうと尋ねると、時雨はこう言った。


「その、今日、そっちの部屋で寝てもいいですか？」

「はぁぁぁあっ⁉」


いけね、深夜なのにクッソデカい声をあげてしまった。明日絶対お隣に文句言われる。

でも仕方ない。時雨があんまりにもとんでもないことを言い出すんだから。


……あ、まさか、これも脅迫か⁉

愛してると言わせて、キスをさせて、それだけじゃ飽き足らず一緒に寝ろだと⁉　ここまで来たらもう次の脅迫は想像がつく。まさか時雨、本当に俺の気持ちとか晴香のこととか何もかも無視して脅迫だけで行くところまで持っていこうとしてるのか⁉　いやでも流石にそれはダメだ！　いくら脅迫されても限度ってもんが——

「あの蜘蛛がまた入ってきてるかもって考えたら、全然眠れなくって……」


な、なんだそういうことか……。

ビックリした。そこまでなりふり構わなくなったのかと思った。

まあ元々襖一枚隔(へだ)ててただけだ。布団を並べて寝るくらいなら構わないが――……あれ？


待てよ。これ、俺にとってチャンスなんじゃないか。


さっき使えないと思って考えるのをやめた蜘蛛を交渉材料にするアイデアが使えるかもしれない。

一緒にいてほしければ脅迫をやめろって脅迫し返すんだ。

きっと上手く行く。

時雨の顔を見ればわかる。

枕を抱きしめながら、まるで捨てられた子犬みたいな弱々しい顔をしている。

いつもの不敵な時雨からは想像もつかない顔だ。

本当に蜘蛛が心底ダメなんだろう。

本当に似合わない表情だ。今強く押せば俺の言うことを聞いてくれる可能性は高い。これはまたとないチャンスだ。そう、チャンスなんだ。なのに、……ああ、くそ。

「……一緒の布団ってのはナシだからな。布団ごともってこい」

「ありがとうございますっ」

月明かりだけの部屋の中でも明るく見える笑顔を浮かべ、いそいそ布団を取りに戻る時雨。それを見送り、俺はでかでかと一つ諦めのため息を吐いた。

ホント、つくづく中途半端な男だ、お前は。

せっかくのチャンスをふいにした自分自身に毒づいてるうちに、時雨は俺の真横に自分の布団を引き摺ってきて、こてんと寝転がった。

「はぁぁ～～。虫は多いし、雨漏りはするし、隙間風は入ってくるし、そのくせ日中は日差しで屋根が焼けてものすごい暑いし……、木造の二階ってほんとろくでもないですね」

「つってても時雨が元居た家もバランス釜だったんだろ？　なら大した家じゃなかったんじゃないのか」

「うちＵＲの鉄筋コンクリートだったので。五階だったからか、あまり虫とかも入ってこなかったし」

「そうなのか。まあアシダカグモは自分から人間には近づいてこないから、二人もいれば大丈夫だろ」

「どうでしょうね。蜘蛛に聞いたわけでもないのであんまり当てにならないと思いますよ。おにーさん中学で臨海学校ってやりました？」

「あー。やったな」


海の近くのホテルに泊まりに行って、カヌーとかやったっけ。


「あれで私達、田舎（いなか）のボロボロの旅館に泊まったんですけど、朝起きたら……あのくらい大きな蜘蛛が顔を這（は）ってて……」

「うわぁ」

「まだ足の毛の感触が頬っぺたに残ってますよ。私が蜘蛛がダメな理由がソレです」

「まあそんな怖い思いをしたのなら蜘蛛嫌いになるのも仕方ないけど、いつまでも嫌なことを考えてるから眠れないんだ。さっさと忘れて寝ちまえ。今日は並んで寝てやるから」

違う布団とはいえ女子と並んで寝るのは正直緊張して寝心地悪いけど、相手が時雨なら眠れないということはないはずだ。毎晩鍵もかからない薄っぺらい襖一つ越しに寝てるわけだし。目を閉じれば顔も見えないんだから。

そう思って俺は時雨から視線を切って、彼女に背を向けるよう寝返りを打つ。

だが、そんな俺の背中を時雨がツンツンと指でつついてきた。

「……なんだよ。まだ何かあるのか」

「ねえ。手、見せてください」

「？」

俺の手なんか見て何がしたいんだ？

首を傾げながら俺は今度は時雨の方を向くように寝返りを打って、布団から右手を出す。

すると時雨は自分の指を絡ませるよう、それを握ってきた。

「な、なんだよ……」

「……いえ。私とおにーさんがこんな夜遅くに、一緒の部屋で手を繋いでるなんて、姉さんは夢にも思ってないんだろうなぁって思いまして」

「おま、お前はまたそういうことを……っ。あんまりしつこいと一緒に寝てやんねえぞ」

「よかったんですか。取引材料にしなくって」

「……！」


じっと、俺を見つめて不思議そうに尋ねてくる。

どうやら俺が逆脅迫を考えていたことはお見通しだったらしい。

流石の目敏さだ。

まあ……確かに、後悔にも似た気持ちはある。けど、

仕方ねえだろ。時雨が……本当に怖がってたから。


俺は考えてしまったんだ。

もし俺が脅迫をし返したとき、時雨が強がって引っ込んでしまったら？　って。

襖一枚向こうで布団を被りながら怯える時雨の姿を想像してしまった。

それはなんか、なんかこう、すごく嫌だった。

だって確かに時雨に促されたってのもあるけど、時雨にあんな形で甘えたのは他ならぬ俺なわけで、それを晴香に隠してほしいっていうのも俺の都合だ。それをネタに脅迫する方も大概

性格が悪いと思うけど、諸悪の根源は俺自身。

そんな勝手な都合を押し付けるために妹の弱みを握って脅迫した挙句、こんな薄っぺらい襖一枚向こうで怯える妹に声をかけることもできないのは、情けないにもほどがあるじゃないか。

だから、

「そいつは思いつかなかった。惜しいことをしたぜ」

「……そういうところですよ」

そのとき、ちゅっ、と湿った感触が俺の指先に触れた。

時雨の唇だ。

突然のことに息を飲む俺に、時雨ははにかみながら言った。

「私がおにーさんのことを好きなのも、キスしたくなっちゃうのも、脅迫するのも、全部全部、おにーさんのせいなんです。おにーさんが私に、おにーさんのことちっとも嫌いにならせてくれないから悪いんです。自覚してくださいね」

「っ……」

そして宝物を見つめるような視線で、俺のことを見つめてくる。

俺に対する愛情を隠そうとしない、濡れた瞳。

俺は顔を逸らして食いしばるように目を閉じた。

あの瞳に見つめられていると、そこに湛えられた溢れんばかりの愛情に溺れてしまいそうになるから。


そうしていると、程なく寝息が聞こえてきた。

窺うように横を見やると、時雨は俺の手を握ったまま横向きの姿勢で眠っていた。

穏やかな寝顔だ。普段時雨がどんな顔で寝てるのかは知らないけど、悪夢を見ている様子はない。

なら良かった。そうでないと同じ部屋で寝ている甲斐がない。

――それにしても、

「……手、小さいなぁ」

俺は繋いだままの手をそっと握り返して、時雨が言った嫌いにさせてくれないのが悪いという言葉を考える。

この小さな手を乱暴に振り払えたら、いろんなことにケリがつくのだろうか。

でも……この手は毎日俺のために美味しいご飯を作ってくれる手だ。

俺がもう自分ではどうしようもないくらい辛かった時、優しく抱きしめてくれた手だ。

それを乱雑に扱うことは、どうしてもできそうにない。

——だけど、

晴香のことを本当に愛するなら、俺はそうしないといけないいんだろうか。

「……………」

時雨の言うとおり、今眠っているだろう晴香は夢にも思っていないだろう。

俺と時雨が、手を繋いで並んで眠っているなんて。

一つ夜を越えるたび、晴香に話せない秘密が増えていく。

俺達のことを晴香に話せるのは……最速でも俺達の両親が家に帰ってくる来年。

でも、それまでに俺達の秘密はいったいどれだけ積み重なってしまうんだろうか。

俺がそんな不安にため息を零した、その時だ。
枕元で充電していたスマホからＬＩＮＥの通知音が鳴った。
こんな時間に誰だろう。
空いている手をスマホに伸ばして、通知を見る。
ハルカ『ねえ。週末博道くんの家に行ってもいい？』
瞬間、俺は呼吸の仕方を忘れた。

第二十七話　ひやあせ×ミートアップ

「やばいやばいやばいやばい」

晴香（はるか）がウチに来る。

急遽（きゅうきょ）決まった一大イベントに俺（おれ）はパニックになった。

当たり前だ。

この狭（せま）い家には俺の他に時雨（しぐれ）も住んでいるんだから。

隠さなければいけないものがありすぎる。

つーか我ながら迂闊（うかつ）だ。俺達が恋人である以上いつかは起きるイベントなんだから、もっと早くから意識して、対応策を考えておくべきだった。

でもそれを後悔しても、もう遅い。

もちろん断るということもできたのかもしれない。

ただ俺は晴香の家に何度も行っているのに、晴香の訪問を拒絶するっていうのは、言い辛かった。

とくに、あんな仲たがいみたいなことがあった後だとなおさらだ。

あの一件で俺が晴香を避けるようになったなんていう印象も持たれたくない。

それに、この訪問は晴香からの歩み寄りだと思う。

きっと晴香も逢って仲直りがしたいと思ってるからこそ、こういう提案をしてきたんだろう。

その気持ちを無碍にはしたくない。

だから結局俺は晴香の訪問を快諾した。

だがそうなると、事前に協力を求めないといけない人間がいる。

時雨だ。

晴香が訪ねてくる週末。時雨には是が非でも家を出ていてもらわないといけない。

それを……今の時雨が受け入れてくれるだろうか。

そこがだいぶ大きな障害になる気がした。

だけど——結果から言えばその心配は杞憂に終わった。

翌朝、目を醒ました時雨に事の次第を説明すると、時雨は渋ることもなく、二つ返事で協力することを承諾してくれたからだ。

そればかりか時雨は自分の私物を隠すことも協力してくれた。

……なんだかんだ言いつつも、姉を悲しませるようなことはしたくないんだろう。時雨は意地は悪いけど人をいたずらに傷つけるようなことはしない子だから。

かくして晴香がやってくる当日。

朝早く家を出た時雨を見送ったあと、今俺は目を皿のようにして必死こきながら部屋の掃除をしている。

なにしろ居間は俺の生活空間。

生活のすべてをこの部屋で完結させている以上、見せたくないものがどうしても落ちてしまう。

……ちぢれた毛とかな。

実際掃除機をかけたはずなのにすでに三本ほど見つけてしまった。

このちぢれ毛というのは本当に予想もしないところに落ちてるからビックリする。

さっきも電球の笠の上に一本ちょこんと載っかっていた。

なにがどうなったらそんなところに落ちるんだ。一説には妖怪の仕業だとか量子テレポーテーションの応用だとか聞くが、そんな与太話も馬鹿にできない神出鬼没っぷりに肝が冷える。

でもまあ、ぶっちゃけこっちの毛は最悪晴香に見られても恥ずかしいだけで済むから、まだいいんだ。問題なのは時雨の髪の毛だ。

俺は晴香に、自分が親父と二人暮らしをしているということまでしか伝えていない。

そんな家にどう見ても女の子でしかありえない長さの髪が落ちてたら、こりゃもう大問題だ。

こいつだけは一本残らず根絶(ねだ)やしにしなくては。

「……………」

だけど、なんだな。

こんなふうに床を這(は)いまわりながら必死こいて晴香への嘘(うそ)を取り繕(つくろ)っていると、自分という人間がひどく情けなく思えてくるな。恋人への隠し事にこんなに必死になるなんてさ。

こんなことなら初めから隠さなければよかったんじゃないか。晴香に一番最初のときに、俺が最初そうしようと思ったようにしゃべっていれば……、

「あーやめろやめろ」

アホか俺は。

そんなことをしたら、友衛(ともえ)から指摘されたように、自分の彼氏が自分と瓜二つの妹と同じ家で生活しているという状況に晴香が耐え続けないといけない。

自分の後ろめたさを無くすために晴香に負担を丸投げするだけの行為。

それをしないことが、この状況を隠した唯一の正当性だったんじゃないか。

そう、判断自体に間違いはなかった。はずだ。

悪いのはそのあと、俺が晴香のためだけでなく自分のためにこの関係を隠さないといけないような後ろめたいことをしてしまったことにある。

すべては俺の心の弱さが原因だ。晴香に拒絶されて、時雨に寄りかかった俺の……。

「っ、――――!」

と、後悔と懊悩(おうのう)に俺の手が止まった、その時だ。

来客を告げるベルの音が玄関から響いてきた。

はっと時計を見上げれば、時間は約束の11時。

晴香が来たんだ。

「……うじうじ後悔してても仕方ないぞ、佐藤博道」

俺のやらかしたことはとても晴香には話せない。

当たり前だ。晴香は自分の両親が浮気で離婚したことを今でも引き摺っている。

そんな晴香に俺が時雨としていたことを話したらどうなるか。きっと晴香は俺を許してくれない。

俺自身は別に時雨に浮気してたわけじゃない。時雨を通して俺はいつだって晴香を見ていた。

むしろ晴香を好きで居続けるために時雨に寄りかかっていたんだ。

でもそれがクソみたいに最低な言い訳で、とても晴香の理解を得ることはできないだろうってのは流石にわかってる。

時雨が言ったように、これはもう取り返しのつかないやらかしなんだ。

もう取り返しのつかないことなら、この秘密は俺が墓まで持っていくしかない。

まずは今日という日を乗り切らないと！

×　×　×

ドアを開けると、そこにはやっぱり晴香が立っていた。

「……おす」

「こんにちわ。博道くん」

「ここまで迷わなかったか?」

「うん。全然大丈夫」

にっこり頷(うなず)く晴香の服装は黒地にパッションピンクのプリントが入ったライブシャツにショートパンツを合わせた夏らしい軽装。

すらっと伸びた脚線が息を飲むほどに綺麗(きれい)だ。

手には駅前のスーパーの袋を下げている。お菓子でも持ってきてくれたんだろうか。

「あの日、以来だね。こうして顔をあわせるのは」

「……ああ」

「本当にありがとうね。あんなひどいこと言ったのに、あたしのこと、許してくれて」

「いやひどいのは俺のほうだ。俺が一人で焦(あせ)って暴走してたんだ。晴香の気持ちを無視して自分の気持ちだけを押し付けようとしてた」


焦りの原因はわかってる。

晴香に対する引け目だ。

海でナンパされる晴香を見て、俺は不安になったんだ。

俺みたいな平凡な男子高校生が、このモデル顔負けの美少女を繋ぎ止めておけるのかって。

その焦りが俺に晴香との関係を急かした。

自分の中で生まれた引け目で勝手に不安になって、焦って、疑って、挙句自爆。

晴香にしてみればホントいい迷惑だったに違いない。

「ああいう準備は必要なことだとは思うけど、でも今考えるようなことじゃなかったな。あんなことは俺達が大人になって、その……結婚、してから、二人で考えればよかったんだ」

「うんっ。博道くんなら話したらわかってくれるって、信じてたっ！」

晴香は俺の言葉に、夏の太陽よりも眩しい笑顔を見せてくれる。

そこにあるのは全幅の信頼。

あんなひどいことをしてしまった直後だというのに、晴香はまだ俺を信じてくれる。

……嬉しい。

これから何年もキス以上のことができなくても、晴香が俺の隣でこの笑顔を見せてくれるなら、それだけで俺は晴香が俺のことをちゃんと好きでいてくれるって信じられるから。

「そうだ。確認したいんだけど、博道くん、ご飯まだだよね？」

「ああ。晴香が来たら一緒にラーメンでも食べに行こうって思って」

「よかった。じゃあ台所貸して。今日はあたしが博道くんのためにお料理するからっ」

晴香はそう言うと持ってきたビニール袋を掲げた。

俺にごちそうするために、色々用意して来てくれたらしい。

恋人の初めての手料理。こんなん当然大歓迎だ。

「晴香の手料理、楽しみだな。結構料理するのか？」

「んー。実はあんまり。でも愛情いっぱいこめるよっ」

ぐっと力こぶを作るポーズをする晴香。

……若干のメシマズフラグを感じるが、正直、俺に手料理を振る舞おうとしてくれるその気持ちだけでもう幸せだ。

今の俺なら大抵のものは美味しく感じられるだろう。

「それに今日はちゃんと料理の先生もいるから期待してくれていいと思う！」

なんだそういうことなら一層安心だ。これは今から昼ご飯が楽しみだな。

……。

………？

いや、ちょっと待て。

今、晴香、おかしなこと言ってなかったか？

料理のセンセイ？　先生？

誰だソレ。ここには俺と晴香しか――

「へー。ここが博道さんの家なんですねー」

次の瞬間、晴香の背後から聞こえてきた声に、俺は口から心臓を吐き出してしまいそうなほどビックリした。

だってその声が、晴香とそっくりだったから。

晴香と同じ声で、俺のことを『博道さん』と呼ぶ人間。

そんなの、この世に一人しかいない。一番今逢いたくないアイツしか。

そして、――まさにそのアイツが階段を上がって俺の前に現れた。

「レトロな雰囲気がいい感じじゃないですか。まあ蜘蛛とかハクビシンとかいっぱい入ってきそうですけど」

「し、し、しぐれぇぇぇーーーーーーーーェッ⁉⁉」

「こんにちわ。海キャンプ以来ですね。おひさしぶりです。博道さん」

え、な、な、な、なんで⁉⁉

なんでここに時雨が、え、え、えええっ⁉

予想もしてなかった事態に俺は陸に打ち上げられた魚みたいに、声もなく口をパクパクさせてしまう。

そんな俺の姿を見た晴香は、はてなと首を傾げた。

「え？　博道くんもしかして、時雨から何も聞いてないの？　時雨、自分が連絡しておくからって言ってたよね？」

「あーごめんなさい。博道さんの驚く顔が見たくって実は内緒にしてました。てへ」

「だ、ダメじゃないそんなことしちゃ！」


それを聞いた晴香は慌てた様子で俺に謝ってくる。


「ご、ごめんね博道くん。あたし、あんまり料理に自信がなかったから、料理の上手な時雨に協力してもらおうと思って声をかけたんだけど……。でも博道くんが時雨を家に入れるのが嫌だったら、今日は帰ってもらうからっ」

「えー。そんなことないですよねー。だって私と博道さんは大の仲良しのクラスメイトだもん。今から追い返すなんてそんな『いじわる』なこと、しませんよねぇ？」


ねっとりとした口調と嬲（なぶ）るような視線。

そこに込められてる――脅迫。

こいつまさか、このまま晴香に引っ付いて家に入ってくるつもりなのか⁉

だ、だめだ！　絶対ダメ！　そんなの、危険過ぎる！

――でも、

『私を拒むようなら、今日までのこと、姉さんにずっと内緒にしてきたこと、全部姉さんにバラしますから』

ここで追い返したら、それこそ何されるかわかったものじゃない！

ぐ、ぅううううぅぅ…………！

「あ、ああ……べつに、いいけど、家に上げるくらい……知らない仲じゃないしな……」

「んふー。ありがとうございまーす」

結局俺は時雨の視線の圧に負けて、彼女を受け入れる。

それに時雨はにゃぁぁぁと実に意地の悪い笑顔を寄越してきた。

晴香の笑顔によってもたらされた温かな感情は、胃につららを刺し込まれるような痛みによってあっという間に霧散してしまう。

い、一体これ、どうなっちまうんだ。

×　×　×

「おじゃましまーす」

「おじゃまします」

玄関から短い廊下を抜け、俺の部屋である居間に晴香と時雨の二人が足を踏み入れる。

「ふーん。ここが博道くんの部屋なんだ。えへへ。ちょっと緊張するかもー」

「どうして緊張するんですか？」

「だってあたし、同い年の男の子の部屋に入るの初めてだから。……でもきれいに片付いてるね。男の子の部屋ってもっとグチャってしてるイメージだったけど。博道くんはちゃんとしてるんだね」

「いやいや姉さん、男子の部屋が普段からこんな綺麗なわけないでしょう。彼女を迎え入れるために髪の毛一本も見逃さないよう目を皿にして掃除したに決まってるじゃないですか。干しっぱなしの雑巾(ぞうきん)から博道さんの苦労が偲(しの)ばれますね」

お前はソレ見てただろうがよ白々(しらじら)しい！

「そうなの？　そんなに気を使わなくてもいいのに。ウチの部室に比べたら大抵どんな部屋でも綺麗だもん」

「そういうわけにもいかないんじゃないですか？　だって、ねえ。私達はほら、年頃も年頃なわけですから。彼女に見られたくないものの一つや二つありますよ。そう例えばこの不自然に閉じられた襖の向こうとかに――」

「づ……!?　お、おいっ」

ちょ、おま、そこはお前の部屋だろ！

居間やキッチンから退かした時雨の私物はすべてそこに詰め込まれている。

時雨はあまり少女趣味というわけじゃないが、それでもぱっと見で女性用とわかるブツはいくつもある。

そんなものを晴香に見られたら……！

「もー時雨。人の家をあちこち勝手にさわらないのっ！　あんまり博道くんを困らせるとお姉ちゃん怒るからね！」

「はーい」

晴香に一喝(いっかつ)された時雨は襖から手を引く。

そして冗談ですよ、と言わんばかりにペロッと俺に向けて舌を出した。

「ごめんね博道くん。時雨が意地悪なことばっかりして」

「いや……いいよ別に。晴香が謝るようなことじゃないし。ただその奥は親父の部屋で散らかってるから、開けないでほしい」

「うん。わかった」

「そういうことにしておいてあげましょう」

このガキ……!

ホントなにしに戻ってきたんだコイツ。

俺と時雨と晴香がこの家で集まる。これほど最悪な状況はないのに。

もともと俺に協力する気なんてなかった……ってことか?

じゃあここからどうする気だ。ここで晴香にすべてをバラすつもりなのか。それとも、俺をいたぶって楽しんでるだけか。

マジで時雨が何を考えてるのかわからん。

とにかく、今時雨から目を離すのはマズい。

動向には目を光らせておかなければ。


俺は二人を俺の部屋である居間にあげて、あらかじめ用意しておいたちゃぶ台に三人分のコーラを持ってくる。

それからしばしの談笑。

話題は夏休みをどう過ごしているか、とか、宿題の進みはどうか、とか、そんな雑談だ。

その間も、常に時雨の動きに注意し続ける。

時雨にあやしい動きがあればすぐに対応できるように、緊張感を強く持つ。

しかしそれはすこし過剰だったらしい。


「あの、博道くん」

「ん、なんだ?」

「やっぱり時雨がいるの気になる？　さっきから時雨のことずっと見てるし」

「う」

「もーダメじゃないですかぁ、博道さん。姉さんという恋人がありながら、その妹に熱い視線を送るなんてぇ」

俺がなんでお前から視線を外せないか、わかっているくせに……っ。

それをわかって嬲ってやがる。この悪魔め。

「だ、大丈夫だ。自分の部屋に女子が二人もいるのに慣れてないだけだから」

「博道さんモテそうにないですもんね」

「ほっとけ」

「そんなことないよ。あたしは博道くんのこと大好きだもん」

天使……！

「そういえば前から聞いてみたかったことがあるんですけど、二人って小学生の頃に知り合ったんですよね？」

「あ、ああ。学童保育には俺達以外四年生はいなかったしな」

俺はいきなり話題を変えた悪魔の動向に身構えつつ答える。

「姉さんがその時から博道さんのこと好きだったのは聞いたんですけど、博道さんもやっぱりその時から姉さんのこと気になってたんですか？」

「それは……」

「そんなことないよね。だってあたし、あの頃パパとママのことがショックで、すっごい暗くて、ぜんぜん可愛くなかったもん……」

恥ずかしそうに俯く晴香。

当時の自分を恥じているのかもしれない。

まあ、確かに晴香の印象は今と昔ではだいぶ違う。

学童保育の頃の晴香は、なんというか見ているだけで暗い気分になるような子だった。

だけど、

「恋愛感情があったかは微妙かもな。でも可愛くなかったなんてことはなかったぞ」

「え？」

「笑った顔の印象は今も昔もあんまり変わらない気がする。それが好きだったことはよく覚えてる。晴香の笑顔が見たくて、色々ちょっかい掛けてたことも。……今考えたら、俺が恋愛感情を理解してなかっただけで、俺もあのころから晴香のことが好きだったのかもしれないな」

もう後すこし時期がずれていたら、俺の方も晴香のことを異性として好意的に見ていたんじゃないだろうか。まあ自覚してたら恥ずかしくて声かけれなくなったかもしれないけど。

俺がそう答えると晴香は頬をぽっと赤くしてはにかんだ。カワイイ。

一方時雨は「いいなぁ」と物欲しそうにつぶやく。

「私もあの時期落ち込んでたけど、私には誰も優しくしてくれなかったもん。博道さんに出会えた姉さんが羨ましいです」

「時雨……」

そうか。確かに両親が離婚してショックだったのは晴香だけじゃないだろうし、時雨にも当時の晴香みたいに沈んでた時期があったんだろうか。

今の時雨を知っていると全然想像できないけど。

俺が考えていると、時雨が膝を擦らせながら俺に近づいてきて、窺うように尋ねてきた。

「ねえねえ博道さん。もし学童保育で出会ったのが私だったら、博道さんは仲良くしてくれましたか？」

「そりゃもちろん——」

仲良くした。そう即答しようと思ったが、すんでのところで反射に思考が追いつく。

果たして本当に時雨と仲良くできただろうか。小学生の俺が、このめんどくさい女と。

……うぅうん。


「いや無理だな。仲良くできねえわ」

「えーなんでー!?」

「だってお前いじわるだもん」


そうだ。俺が晴香と仲良くできたのは、晴香が純粋な子だったからだ。

晴香の無邪気な笑顔が大好きだったから、俺はそれをもっと見たいと思って、色々頑張ったんだ。

時雨の意地の悪い笑顔のためにそれができたかと言うと甚だ疑問だ。

「うー。私なりの愛情表現なんですけど」

「仲良くなったらなっただけ意地悪になるとか最悪じゃん。そんな歪（ゆが）んだ愛情、小学生には受け止め切れんわ」

肩を掴（つか）んで抗議してくる時雨にバッサリ言ってやる。

すると時雨はぷくーっと頬っぺたを膨らませて拗（す）ねた。

「ふーんだ。いいですよいいですよ。別に博道さんに慰（なぐさ）めてもらわなくても、私には空手がありましたから」

「そういえば空手してたんだっけ」

「両親のことがあってイライラしてたので始めました」

「なるほど。まあスポーツに打ち込んでたら嫌なことは忘れられるもんな」

「いえ。誰か殴（なぐ）ってたら少しは気持ちが晴れるかと思いまして」

動機（どうき）がひどい。ひどすぎる。

「でも殴るのは好きですけど殴られるのはキライなので、先輩達には手を抜いてもらえるよう普段から可愛らしく振る舞っていました」

「空手でデバフを使うな」

「でも怪我したらちゃんと治療してあげましたよ。湿布を貼って、頭や頬っぺたをよしよししながら『痛いの痛いのとんでけー』って。そしたら皆嬉しそうにまた殴らせてくれました」

「クッソ怖いんだけどその小学生女子。絶対お前のせいで性癖歪んだヤツいっぱいいるわ」

「まあそんな感じに空手のおかげで私は立ち直りました。だから博道さんに用はありません。べー」

「落ち込み方に可愛げがなさすぎるんだよなぁ」

まったくコイツはもっと晴香みたいに大人しく落ち込めないのか。

と、俺が呆れたときだ。

ふと晴香が驚いたように言った。

「へー。二人ってとっても仲がいいんだね」

「え。……仲がいいって、俺と時雨が？」

「うん。だって二人が並んで話してる姿、すごく自然な感じがするもん。距離も近いし」

言われて気付く。

時雨と肩が触れ合うくらいの距離でやいのやいのやり取りしてたことに。

これは俺達の自宅での距離感だ。晴香の知っている学校での距離感じゃない。

や、ヤバい。やらかした……っ。

夏休みでしばらく学校に行ってなかったことと、場所が自宅だったせいで、つい普段の調子でやり取りしてしまった。

晴香に変に思われちまったか⁉　ともかくフォローしないと――


「わ、悪いっ、せっかく晴香が家に来てくれてるのに、ほったらかしにして」

「ううん。全然悪くないよ。むしろすっごい嬉しい。博道くん、時雨と仲良くしてほしいってお願い、ちゃんと聞いてくれたんだね。ありがとう」

「あ、ああ……！　もちろんだ」


晴香は時雨と俺の距離感に嫌な顔をするどころか、屈託のない笑顔で喜んだ。

天使とか過小評価だったわ。女神だわこれ。

なんというか晴香はきっと人を貶めたり騙したりすることと無縁なんだろう。

きっと生まれてこの方、一度もそんなことを考えたことがないに違いない。

「……姉さんはホント、博道さんを信頼してるんですね」

一方、妹の時雨はまったく動揺していない晴香の姿につまらなそうに唇を尖らせる。

なんでこの女神とこれ以上ないくらい濃い形で血を分けておいてこんな仕上がりになるんですかね？

「姉さんは私と博道さんが仲良くしていて不安とかはないんですか」

「うん？　どうして？」

「だって私達、双子ですよ？　顔も髪形も声も全部一緒の。そんな妹が自分の恋人と仲良くしてたら、こうもっとハラハラするものなんじゃないんですか？　浮気されたらどうしよう、とか」

こ、こいつなんつー踏み込んだことを！

俺は慌てた。だけど晴香は、

「あははっ！」

この時雨のブッこんだ一撃を、笑える冗談でも聞いたかのようにあっさり受け流した。

「そんなこと思うわけないじゃん。時雨と博道くんでそんなことになるわけないもん。時雨も変なこと心配するね」

「言い切りますねー」

「だって博道くんは、あたしの王子様だもん」

「ブッ、」

「お、王子、さま、ですか……っ、」


思わずせき込む俺。

時雨も頬っぺたがぴくぴくしている。

でも晴香はどこまでも真面目に言う。


「そうだよ。小学校の時はどん底だったあたしを救ってくれて、高校で再会してからはあたしの告白を受け入れてくれて、それからずっとずっとあたしのことを大切にしてくれてる、ダメダメなあたしの弱いところを全部受け止めてくれる、とっても強くて優しいあたしの王子様。そんな博道くんがよりにもよって妹の時雨と何かあるなんて考えられないよー」

瞬間、俺は「ウギャビィィ！」と物の怪のように叫びながらもんどりを打ちそうになった。晴香の信じる俺と実際の俺とに差がありすぎて罪悪感で滅されそうになる。

うーん俺の彼女、女神すぎるのも少し困りものかもしれない。


「あたしのことより時雨はどうなの？　もうこっちに引っ越してきて何ヵ月か経つでしょ？恋人とか出来た？」

「……いえ。残念ながら」

「そうなんだー。じゃあ好きな男の子のタイプとかあるの？　教えてよ。こういう話、子供の頃はしたことなかったから、聞いてみたいなー」

「別に、普通でいいですよ。私の作った朝ごはんを美味しそうに食べてくれて、私が不安な時に手を握っていてくれるなら、それ以上は望みません」

「へー。意外と欲がないんだね」

「……どうでしょう。これ以上ないくらい強欲なことを言っている自覚はありますが。その辺どう思いますか、博道さん」


こっちを見るなっ……！

ちゃぶ台の下で太ももをツンツンするな……！

というかこのメンツで恋バナとか地雷原を全力疾走するみたいなもんじゃねえか。

今すぐ話題を逸らさねえと！


「そ、そういえば晴香、この間まで部で合宿してたんだろ。どうだった？　楽しかったか？」

「楽しかったけどぉ……大変だったよー。朝は六時から夜は十時まで練習だもん。そうだ。その時の写真、部長がアップしてるから、見る？」

「ああ見たい！　超見たい！」

「ちょっと待ってね。あたしあんまりインスト触らないから……」


俺が言うと晴香は操作に慣れていないのか、やや苦戦しながらアプリを開いて、俺達に見せてくれた。

陽キャ御用達の写真共有アプリ『インストグラム』(買った時からスマホに入ってるけど、もちろん俺は触ったこともない）の画面には、合宿中の演劇部員達の写真がずらっと数えきれないほど貼り付けられている。

俺は話題を無事逸らせたことに安堵しつつ、アルバムをスクロール。晴香以外の写真には興味がないので、晴香の写っているものを探す。

汗だくになりながら練習に打ち込む姿。
練習後へばり切ってへたり込んでる姿。
部員同士でポーズをとっている姿。
色々な晴香がそこにいた。

とくにその中の一枚、練習前だろうか？　ジャージ姿で後ろ髪を結ぶ晴香の写真に俺は強く惹かれる何かを感じる。

カメラに目線を向けているわけでも、笑顔でポーズを決めているわけでもない。

でも、緊迫感すら漂わせた真剣な表情と、光源の映り込みか、燃えるように輝く瞳が……とても綺麗だ。惚れてしまいそうになる。いやまあもう惚れてるんだけど。可愛い晴香とカッコイイ晴香とで二重に惚れるってことだ。

「へー。この写真すっごくよく撮れてますね。姉さん、とっても綺麗」

俺と同じ写真を見て時雨も感嘆する。

この写真を魅力的に思ったのは俺の贔屓目じゃなかったようだ。

「あはは。確かに写真だけはよく撮れてるよねそれ。でもそのあと思いっきりセリフ嚙んじゃって先生に怒られたんだー。部長にもその写真見せられながら、写真写りだけは千両役者だって笑われて散々だったよ」

「……ふぅん。でも写真写りが良いのも立派な才能でしょう。ほら、お母さんと同じでグラビアから役者デビューとかも行けるんじゃないですか?」

「な、ないない!　絶対ない!　確かにママに憧れたのがお芝居を始めたきっかけだけど、あたしなんてただの下手の横好きだもん。プロとか無理だよ。……それに、ぐ、グラビアとか恥ずかしくて死んじゃうよ!　絶対無理っ!」

その晴香の全力の否定に俺は内心ホッとした。

だってそこは彼氏として微妙なところだ。

晴香のグラビアは見たいけど、他人には見てほしくない。一人占めにしたい。

そして、そんな安堵のせいだろうか。

気を抜いた瞬間に腹の虫が鳴ってしまう。

「ふふ。彼氏さん、土産話ではお腹は膨れないらしいですよ」

「あ、ごめんね博道くん。長々とおしゃべりしちゃって。すぐお昼ご飯作るから」

「手伝いますよ」

晴香に続いて時雨も立ち上がる。

俺ももちろん手伝おうとしたが、「今日は博道くんに手料理をごちそうしたいから」と断られてしまった。

まあそういうことなら、男子厨房に入らずの精神で待たせてもらうとしよう。

俺はあげかけた腰を下ろして、二人の瓜二つな後ろ姿を眺める。

と、そのときだ。

持参したビニール袋から具材やら何やらを取り出していた、晴香が叫んだ。

「あーーーーーーっ！」

「どうしたんですか。姉さん」

「粉チーズ、買ってくるの忘れちゃった……。博道くん、この家に粉チーズってある？」

「え、えっと……」

こ、粉チーズ？

ど、どうだったっけ。あったようななかったような。

その辺を管理してるのは全部時雨だからわからない。

俺は流し目で時雨に問うと、意を汲んだ彼女は首を小さく横に振った。

「すまん。粉チーズは常備してないな」

「そっかぁ。…………——うん、決めた。通りに出たすぐのところにコンビニがあったから、ちょっと走って買ってくる！」

「ごちそうしてもらうんだし、そのくらい俺が行くぞ」

「ううん。あたしに行かせて。これは……あの日のお詫びでもあるから。調理は時雨に結構頼ることになると思うし、このくらいは自分でやりたいの！　すぐ戻ってくるから待ってて！」

そう言い残すと、晴香は風のように走り去ってしまった。

部屋に俺と時雨だけを残して。

×　×　×

晴香が出て行って、家には俺と時雨だけ。

これは……時雨がなんで戻ってきたかを問いただす、またとないチャンスだ。

俺はすぐに時雨を問い詰めた。

「どういうつもりだよ。時雨っ」

「どうとは？」

きょとんと可愛らしい顔で聞き返す。

わたくし、なにかやっちゃいましたか？　とでも言いたげな顔だ。

とぼけんじゃねえよ。俺の言いたいことなんてわかってるくせに。

「なんで戻ってきたんだっ。今日は晴香が来るから家を空けてほしいって言ったじゃないか。なのによりにもよって晴香と一緒に戻ってくるなんて。協力してくれるんじゃなかったのか！」

「ええ。だから協力しに戻ってきたんですよ」

「どういう理屈だソレ」

「考えが足りてませんね。私はこの家でもう数ヵ月暮らしてるんですよ。どれだけ私物を隠しても、掃除をしても、生活臭というものは隠し切れません」

「……消臭剤は昨日振ったぞ」

「ええ。でもそれでちゃんと消し切れてるかどうか私達には判断がつかないでしょう。だって私達はこの家の匂いに慣れてしまっているから」

「う」

「生活臭は男女で全く異なるものです。父親が単身赴任をして一人暮らしをしているはずのおにーさんの家で自分以外の女性の匂いがしたら、姉さんはどう思いますか？」

……それは確かにマズい。

なるほど、この場所に時雨が一緒にいれば、変な勘繰りをされることもないのか。

じゃあ時雨は本当に俺を助けるために——

「まあそれは建前で、ほんとはおにーさんと姉さんが私をのけ者にして仲良くするのがムカつくから邪魔しに来ただけなんですけどね」

「正体現したな」

「だって興味あるじゃないですかぁ。私に『抱かせろよ』なんて言ってきた人がどの面下げて姉さんに彼氏面するのかって」

「うぐっ……」

ぐさりと痛いところを突かれ、俺は呻いた。

……いや、うん、ホントに軽率な言葉だったと思うよ。

この時雨に対する負い目がとことん祟(たた)っている。時雨の脅迫じみた行動に文句を言おうにも、その原因が自分ではあまりに正義がないんだ。

一体どうすればいいんだろうか。

俺が悩んでいると——時雨は妙に真剣な表情になって、言った。

「……でも、あの人はやめた方がいいと思いますよ」

それは、聞いたことも無い程に冷たい声音(こわね)だった。

あまりの冷たさに俺の思考も凍り付くほどの。

「だって姉さん別におにーさんのこと好きじゃないですもん」

この時雨の言葉に、俺はかなり動揺(どうよう)した。

時雨の言葉を信じたわけじゃない。当たり前だ。

俺が動揺した理由は、時雨の変化だ。

時雨は今まで俺に色々な方法で好意を伝えてきてくれたけど、自分をよく見せるために晴香を誹謗するようなことはしてこなかった。だけど、今の時雨の声音には晴香に対する明確な敵意が込められている。

　一体どうしてしまったんだ。

　困惑しながらも、俺はもちろんこの時雨の誹謗中傷に否定を返す。彼氏として聞き流すことはできない。

「そ、そんなわけあるか！　晴香は俺のこと、ちゃんと好きでいてくれてる。あんなことをしでかした俺を、少しも疑わずに信じてくれてるんだぞ！」

「ええ。大層な信頼でしたね。姉さんのダメなところをすべて受け入れてくれる強くて頼もしい王子様。……私の知っているおにーさんとはまるで別人です」

「それは……俺が晴香の期待に応えられてないだけで！」

「違いますよ」

　ぴしゃりと、強い確信を滲ませる声音で時雨は俺の言葉を遮った。

「姉さんはおにーさんを見ていないから。姉さんが見ているのは昔の、小学生の頃のおにーさんだからですよ。まだ男も女も何もない、純真無垢で感情に垣根がなかった頃のおにーさんにあの人は恋をし続けているんです」

「っ……⁉」

「だからあの人には……おにーさんが姉さんを許すとき、どれだけの努力を必要としているかがわからない。それが当たり前だと思っているから、その尊さに気づけない」


そんなはずあるものか。

と、断言するには心当たりがありすぎて、俺は二の句を継げなくなる。

思わず言葉を詰まらせた俺に、時雨は続けた。今までの冷たい口調とは違う暖かい声で、

「可哀そうなおにーさん。おにーさんは姉さんの言う様な強い王子様なんかじゃない。貴方はとっても傷つきやすくて、繊細で、弱い人。でも弱いからこそ、強くあろうと努力する人。自分にできる範囲で必死に他人に誠実であろうとする、優しい人。私はそんなおにーさんが好きです。私の方が、姉さんよりずっと――」


ずっと、貴方のことを愛してる。

時雨は真っすぐ俺を見つめながらそう告げる。

あの、いつもキスをするときに俺に向けてくる、涙になって零(こぼ)れ落ちそうなほどの愛情を湛(たた)

えた瞳で。

……この目を見ているといつも圧倒(あっとう)される。
そこに込められている想(おも)いの大きさに。
見つめているだけで溺(おぼ)れてしまいそうな底知れない愛情の深さに。

そしていつも思うんだ。
俺は晴香からだってこんな深い愛情を向けられたことはないと。
時雨が俺に向けてくれる感情は、もしかしたら晴香よりも大きいのかもしれない。
だけど——

「やめてくれ」

それが大きくて深くて、真剣であるからこそ、俺は応えられない。
応えちゃいけないんだ。
当たり前だ。俺は——晴香の恋人なんだから。

「時雨の気持ちは……わかってる。俺がどれだけ馬鹿でも鈍感でも、わかりすぎるくらいに。でも……晴香を貶めるようなことを聞くのは、いい気分じゃない」

「………」

「確かに晴香は俺を過大評価してる。それは俺もそう思う。でも……理由はどうあれ晴香は俺を好きでいてくれてる。それを疑ったことも確かにあったけど、今は違う」

あの笑顔が隣にある限り、俺は二度とそれを疑わない。

「時雨にあんなこと言っておいて、ほんとどの面下げて言ってんだって感じだけど、……俺は晴香の気持ちに応えたいんだ。だから、もうこんなふうに脅迫して俺達の仲をかき乱すようなことはやめてくれ」

お願いだ、と今一度頭を下げる。

身勝手だと思う。卑怯(ひきょう)だとも思う。

晴香に対して嘘を重ねて、時雨の気持ちを踏みにじって。

こんなつもりじゃなかった。いつ踏み外してしまったのか。後悔は絶えない。

だけど、だからって今更正直にもなれない。

だから俺は時雨に、お願い――いや懇願する。

道理や感情を曲げて、この情けない兄の隠し事に力を貸してくれと。

「おにーさんは本当に、姉さんのことが好きなんですね」

そんな俺を見て、時雨はぽつりと零した。

呆れたような――それでいて何かを決意したような声音で。

「わかりました。それじゃあおにーさんの願いを聞いてあげます」

「ほ、ホントか⁉」

「ええ。ただし条件があります」

ようやっと俺の気持ちをわかってくれたかとホッとしたのもつかの間。

時雨は「えいっ」と俺の背中に手を回して抱きついてきやがった。

「ぎゅー♪」

「なっ！　おいバカ！　離れてくれ時雨！　晴香がもし引き返してきたら……っ！」

「ふふ。それは大変ですねぇ。いくら鈍い姉さんでも、自分の留守に妹と彼氏が抱き合っていたら流石に無心ではいられないでしょうねぇ。困りましたねぇ」

「わかってるなら離れろって……！」

くそ、言うこと聞いてくれるんじゃなかったのかよ！

俺は引きはがそうと時雨の両肩に手をかける。

そのときだ。

「今、私を引きはがしたら、私はそれをおにーさんの最終回答と受け取ります」

「……え？」

「おにーさんが愛するのはこの世で一人、姉さんだけという事実を受け入れて、もう二度と脅迫するようなことはしません。妹の分を超えた愛情を向けることも一切やめます。つまりその両手に力を込めて私を引きはがすことが、私がおにーさんの願いを聞く条件です」

別に難しくはないでしょう？　と時雨は胸元（むなもと）から俺を見上げて微笑（ほほえ）む。

俺は……これにしばし言葉を失った。

条件が難しいから、じゃない。

いくら時雨が格闘技経験者だからといって、男と女の腕力には差がある。

両肩にかけた手を強く押せば簡単に引きはがせるだろう。

……時雨自身が言ったように、条件は本当に驚くほど簡単だ。


だけど、なんでこんな提案を時雨がしてくるんだ。

そこがわからない。

だって、晴香にこんな姿を見せられない以上、俺は晴香が帰ってくる前に時雨を引きはがす以外選択肢がない。それを選ぶのはもう必然だ。そんなの時雨にだってわかるはず。

その必然で自分の恋心を捨てるなんて、時雨にとって何一つメリットがないじゃないか。


「……どういう風の吹きまわしだよ。後戻りなんてさせないって、言ってたのに」


時雨の想いの本気度をよく知っているからこそ、わからない。

俺のそんなの困惑を、時雨は肯定するように頷いた。


「ええまあ、私自身バカだなーと思ってますよ。ホントに。だけど――……おにーさんが、私の手をずっと握っていてくれたから」

「……！」

「私を脅し返すこともできたのに、そうしないで、朝までずっと隣に居てくれたのが……すごくうれしかったから。私ばっかり身勝手なことを言って、おにーさんを困らせるのが申し訳なくなった、って感じです」


少し困ったように笑う時雨の瞳に、おふざけの色はない。

毎日顔を突き合わせてきた家族だ。

顔を見ればわかる。

時雨が、本気だってこと。

俺がここで彼女を引きはがせば、本当に約束を守ってくれるだろうことは。


「……俺が拒絶したら、時雨は俺を諦められるのか」

「どうでしょう。そう努力はするつもりですが、多少引き摺るかもしれませんね。でもまあそれはおにーさんにはどうでもいいことでしょう」

「どうでもいいなんて――」

「どうでもいいことですよ。だって私は姉さんのことなんてどうでもいいですもん」

俺の下手な気遣いを、時雨は切り捨てる。

「初めておにーさんの唇を奪った時、思ったんです。

この想いをおにーさんに伝えられるなら、姉さんとの仲がどうなろうと知ったことじゃないって。あんなに大好きだった姉さんのこと、どうでもいいって。

……そんな強烈な執着が自分の生きている世界を、『たった一人』と、『それ以外』とで、真っ二つにしてしまう。それが愛というものでしょう。

だから、おにーさんが姉さんを本当に好きなら、私に思い知らせてください。私がどこまで行っても姉さんの代用品でしかないことを。おにーさんにとって『それ以外』にしか成れないんだってことを」

時雨は最後に蚊の鳴くような声で「お願いします」と言って、顔を伏せ額を俺の胸に預けてきた。それ以上は、何も語らなかった。

×　×　×

どうしよう。

時雨からの提案に俺は彼女の肩に手を添えたまま固まってしまう。

時雨が寄りかかる力は弱く、背中に回された腕も撫でる程度の力しか籠っていない。

軽く力を入れてこの細い肩を押せば、時雨の身体は簡単に解ける。


でもそうしたら、時雨は俺のことを諦めるという。

それが納得できなくても、どんなに苦しくても、心の中に留めて、妹として振る舞うという。

……それは、本当にいいことなのか。

時雨の想いの強さを知っているからこそ、どうしても躊躇いを感じる。

だけど、

『強烈な執着が自分の生きている世界を、『たった一人』と、『それ以外』とで、真っ二つにしてしまう。それが愛というものでしょう』


先ほど時雨が言っていた言葉。それは真実だと思う。

誰かを愛するということは、誰か一人を選ぶということ。

その『たった一人』が誰かは決まりきっている。

晴香の告白を受けたあの時から。

今ここで軽く力を込めるだけで、色々な問題が片付く。

時雨が俺を脅迫することもなくなって、俺は晴香ともう一度やり直せる。


それに、これは俺達が兄妹としてやり直すためにも、避けては通れないことだ。

叶(かな)わない恋にいつまでも振り回されるより、ちゃんと俺が答えを示して、ただの兄妹に戻る。

それが時雨のためでもあるんじゃないのか。


もちろんすぐに気持ちの整理はつかないかもしれない。

だけど俺だって、その時雨の苦悩をほったらかしになんてしない。

時雨は今まで俺をたくさん助けてくれた。時雨がいなかったら俺は晴香を好きでいられなかったかもしれない。その恩は絶対に返す。時雨に寂(さび)しい思いなんて絶対にさせない。今まで通り、いや今まで以上に妹として、時雨のことを大切にする。それを誓う。


だから――、俺は時雨の肩に沿えた手の指先にほんの少し力を込めた。

時雨の肩を摑むように。

その瞬間だった。

「ッ……！」

時雨の身体がビク、と小さく震えた。
それはほんの一瞬、ひと呼吸のこと。
時雨はすぐにその震えを隠してしまう。
だけど、……俺のだらだら並べ立てた欺瞞（ぎまん）を吹っ飛ばすには十分だった。

何が、時雨のためだ。

すぐ自分の都合のいいように考えやがる。
今まで時雨の瞳に何を見てきたのか。
あれだけの想いを捨て去ることを、喜ぶわけがないだろうに。

こんなに震えるほどに、嫌なんだ。
なのに、時雨は俺に俺だけが楽になるチャンスをくれている。
時雨は……いつだってそうだった。

出会った時も、異性の同居人にキョドりまくる俺を導いてくれた。

キャンプの夜も、崩れ落ちそうな俺に寄り添ってくれた。

そして……この間俺が時雨に晴香のことを忘れさせてくれと泣きついたときも――

『私が何をしたところで、おにーさんは姉さんのことを忘れられない。私達が双子だからってことじゃない。おにーさんが他人に対して不誠実になれない人だから。姉さんが悪い。自分は悪くない。そう割り切ることのできない人だから。きっと後悔する。後になって、自分を責めて今よりもずっと苦しくなる』

あのとき時雨は、余計なことを言わず自分の欲望を叶えることもできたはず。

だけどそうしなかった。

時雨は俺が弱いことを知っているから、傷つかないよう、痛まないよう、大切に大切に扱ってくれるんだ。

たった一人の姉との関係さえどうでもいいと言い切るほど、俺のことを想ってくれているのに、そんな自分の感情より俺の気持ちを何よりも大切に考えてくれている。

賢いフリして、狡いフリして、だけど根っこの部分で時雨は誰よりも優しいから。

その事実を改めて思うと、胸が痛いほど締め付けられた。

……なんでなんだろう。

なんで時雨は、こんなにも俺を愛してくれるんだろう。

そして俺は、どうしてこの両手で時雨を抱きしめるんじゃなく、引きはがさないといけないんだろう。

……もし、これはそう、本当にもしもの話だけど、
俺が晴香と出逢いさえしなければ、
俺は……このどこまでも純粋な愛に応えることができたのだろうか。
晴香と、出逢ったせいで、俺は――

「ッッ……！」


おいおい、やめろ！　何を考えてるんだ俺は！

意味のないもしもなんて考えてどうする。

俺が今するべきことはそんなことじゃない。

今俺がするべきことは、『たった一人』の晴香のために、『それ以外』の時雨を拒絶すること

だ。

それ以外にない。あるはずがない。

ほんの少し力を込めればそれが叶う。

時雨からの脅迫もなくなって、誘惑されることも愛情を向けられることもなくなって、迷いなく晴香とやり直すことができる。

『本当の愛』を始めることができるんだ。それはまさに、俺が望んでいたことじゃないか！

さあ押せ！　押して選べ！　俺にとっての『たった一人』を！

それが最善。俺が晴香の恋人として、そして時雨の兄として選ぶべき解答。わかっている。

ああ、わかっているさ！　なのに、――――なんで⁉

「っ～～～～～～～～～～～～！」

押せない。

時雨の肩を摑む手に、力が入らない。

力を入れようとするのを、俺の中の何かが拒む。

「ただいまー」


そうしているうちに、一体どれくらいの時間が経ったのだろうか。

玄関の扉が開き、晴香の声が聞こえてきた。

晴香が帰ってきた。

マズイ。

こんな場面を見られたら、何もかもが終わってしまう。

でも、そこまでわかっているのに、――俺はまだ動けなかった。

動いたのは時雨だ。

晴香が玄関で靴を脱いでる間に、時雨はそっと背中に回した手を解いて、俺から身を離す。

そしてずっと伏したままだった顔をあげた。


「はーい。時間切れ♡」


その表情はいつもの、あの意地の悪い笑顔だった。

してやったりとでも言いたげな。

だけど、——赤くなった目尻は隠せていなくって、

その表情を見た俺は、すべてを理解してしまう。

い、い、なんで、もなにもない。

俺が動けなかった理由なんてたった一つ。

俺は、……惜しんだんだ。この愛情が自分に向けられなくなることを。

ほんの少し、ドアを開けるよりも緩い力を込めるだけで、俺は晴香とやり直せたのに、

それを望んでいたはずなのに、

俺はもう『たった一人』に恋人を選ぶことができないほど、

時雨のことが、好きになってしまっていたんだ。

×　×　×

やばい。

やばいやばいやばいやばい。

知らなかった。

俺の中に、時雨に対するこんな執着があったなんて。

背中から湧き出す冷たい汗が止まらない。


いつからだ。

少なくとも、時雨に初めてのキスを上書きされたあの日は、まだ選べた。

俺は時雨よりも晴香が好きなんだって。

でも、今日はもうそう言えなくなっていた。

応えることのできない、受ける資格がない時雨からの愛情を惜しんで、俺にとっての『たった一人』であるはずの晴香とやり直すチャンスを棒に振ってしまった。


どうしてこんなことになってしまったのか。

一体いつからこうなってしまったのか。

俺の頭の中を埒のあかない疑問がぐるぐる巡って、

「博道くん？」

「うぇ!?」

そんな俺に声がかかる。

はっと顔をあげると、不安そうな晴香の顔があった。

「ど、どうしたんだ晴香」

「……なんだかずっと難しい顔してるから。……美味しく、なかった？」

言われて思い出す。

俺が今、生まれて初めて恋人に手料理を振る舞ってもらっていたことを。

なのに俺は、目の前に用意された手料理を心ここにあらずで味わいもせず機械のように消費していた。なんてことだ。

「そ、そんなことないって！　すげえ美味しいよっ！　ほら」

頭に巡る疑問と動揺を一度隅に追いやり、俺は目の前に置かれた手料理を味わう。

晴香が作ってくれたナポリタンは、こってりしたトマトの風味に強いピーマンの苦みがアクセントになっていて、とても俺好みな味付けだった。

「ピーマンがいい感じにシャキシャキして、苦くってマジ最高！」

「よ、よかったぁ～。口に合わなかったのかと思ってドキドキしちゃった」

「いやもう美味しくって一心不乱だったんだよ」


こんな美味しい手料理を黙々と食ってたなんて。

自分の錯乱っぷりに眩暈がする。

なんとかごまかせただろうか。

俺がチラリと窺うと、

「時雨のおかげだね。ありがとう」

晴香は自分の隣でフォークを回しパスタを絡めとる時雨に感謝した。


「え。時雨の？」

「うん。時雨がね、ピーマンは細切りじゃなく苦みと触感が出るざく切りの方が、博道くんは喜ぶって教えてくれたの」

「前に学校でピーマンが好きって言ってましたもんね。博道さん」

言って、時雨は口元に人差し指を立てる。

内緒のジェスチャー。


「ぁ、ああ……言ってた、かな」

「いいなぁ。二人は同じクラスだもんね。なんかあたしの知らない博道くんのこと時雨が知ってるって思うと、ちょっと悔しい」

「ふふ。そのうち私の方が姉さんより博道さんに詳しくなっちゃうかもしれませんね」

違う。俺はそんな話、学校でしていない。

学校ではなく普段の食事から観察して把握したことなのだろう。

俺に美味しいご飯を振る舞うために。


「…………」

どうして、いつから、今更そんな疑問を持つなんて白々しい。

思い当たる節は――ありすぎる。

俺は俺を好きな女の子が好きだ。


自分のことを大好きだと言ってくれて、それを伝えるために色んなことをしてくれる女の子。しかも滅茶苦茶可愛い。そんなの、好きにならないはずがないじゃないか。

実際俺は今までの生活の中で、何度も時雨にドキドキしていた。

そんなときめきの理由をすべて、時雨が恋人の双子の妹だから、と言い訳してきたわけだが、それを免罪符にして、無遠慮に、考えなしに、時雨の好意を呷りすぎた。

結果、俺の心は知らず知らずのうちに侵されていたんだ。


時雨が俺に注ぎ続けてくれた、愛という猛毒に。


その挙句が、晴香という恋人がいるのに、時雨からの好意を無くしたくないなんてクソなことを考えるようになっている今の俺というわけだ。

なんて最低な話。

しかも、……晴香を選べなかったという現実は、連鎖的にもっと最低最悪な一つの疑問を掘り起こすことになる。
それは――

「あ。博道くん博道くん」

「な、なに？」

「頬っぺたにソースついてるよ。とってあげる」

「い、いや、いいって！」


そのとき、俺は弾(はじ)かれたように身を引いて晴香が伸ばしてきた手から逃げてしまった。


「そ、そのくらい、自分でするから」

「あはは、そうだね。子供じゃないもんね。ごめんね」

「いや、教えてくれてサンキューな……」


感謝しながら俺は頬のソースを拭(ぬぐ)って、――ゾッとする。

その行動をとった、自分自身の気持ちに対して。

俺は……見せたくなかったんだ。

晴香の隣にいる時雨に、俺と晴香がいかにも恋人です、って感じのスキンシップをしているところを。

つまりさっきの最低最悪の疑問っていうのは、これだ。

俺は今、晴香と時雨、どっちが好きなんだっていう――

って、あああ～～っっ！　やめろ！　やめろやめろこの馬鹿野郎！

脳裏(のうり)に湧(わ)き上がってきた考えを俺は必死に振り払う。

こんなの、考えることそれ自体がもうありえない！

確かに、俺は時雨に時雨として好意を感じてる。

そこはもう認めよう。認めざるを得ない。

でも、だからって俺が晴香の恋人であることに変わりはないんだ。

俺のことを王子様なんて言ってくれるくらい信頼してくれる恋人。

それを裏切るなんて、人間のすることじゃねえ！

「あ、あのさ晴香！」

「ん？　なに？」

「夏休み最後の月末にさ、花火大会あるの知ってるか？　鶴美川（つるみがわ）で」

「もちろん知ってるよー。毎年友達と行ってるもん。そういえば昔時雨とも行ったよね。家族四人で。憶えてる？」

「幼稚園の頃でしたっけ。懐かしいですね。二人で型抜きしたの憶えてますよ」

「……それ、さ。……今年は、俺と晴香の二人で、見に行かないか？　もちろんもう予定があるなら無理にとは言わないけど——」

「いく‼‼」

「お、そ、そうか」

「そうだよ！　お祭りデートなんて絶対楽しいもん！　楽しみにしてるねっ！」

晴香は食い気味に乗ってきてくれた。

俺は安堵の息をつく。

そうだ。アホなこと考えてる暇があったら俺は晴香のことを考えていればいいんだ。晴香が喜んでくれるようなことを。

俺は晴香の恋人なんだから。

時雨と出逢うよりも早く、晴香の恋人になっていたんだから。

時雨の目なんて気にするな。

晴香の前で、時雨のことなんて考えるんじゃない。

「いいなー。私も一緒にいきたいなー」

「だめですー。だってこれはデートなんだから。時雨は自分の彼氏をつくってその人と行きなさい」

「ちぇー」

「…………」

言ってる傍からのけ者にして申し訳ない感じの居心地の悪さが腹の底に湧く。

俺はそれを握りつぶすように、テーブルの下で腹に爪を立てた。

忘れろ。忘れろ。忘れろ。

こんなこと晴香に知られるわけにはいかない。

晴香を悲しませたくない。

だから、頼むから、そこで枯れてくれ。

決して表に出てこないまま、そこで潰えてくれ。

そう懇願しながら。

カノジョの妹とキスをした

I kissed My Girlfriend's Little Sister ❤

第二十八話　なかよし×テンプテーション

彼女がいるのに、他の子のことを好きになる。
そんなのは最低のクズのやることだ。
春先の俺なら間違いなくそう断言していただろう。
……いや、今でもクズだと思うことには変わりないが。
だけどまさか、自分自身がそのクズになってしまうとは。
正直予想もしていなかった。

ともかく、こんな感情晴香に知られるわけにはいかない。
心の内に秘め隠したまま、どうにかこうにか消化してしまわないと。
だから表にさえ出さなければ、浮気じゃないはずだ。
心の内に留めて、擦り潰してしまえば。
だって俺は別に晴香のことを嫌いになったわけじゃないんだから。

だけど……それは俺が考えるほど簡単なことじゃなかった。

俺がそれを思い知ったのは、夕方になり晴香が帰った後。

夕食を食べてから時雨がこう言った瞬間だ。

――先にお風呂貰いますね、と。


「っ………」


そして今、時雨が入っている風呂から聞こえてくる音に耳をそばだてている俺がいる。

掛け湯の音や洗面器を置く音。

湯船から湯があふれる音。

それらが伝えてくる、時雨が今ハダカで鍵もついていない扉一枚向こうに居るという現実に、俺の心臓がバクバク騒ぎ出す。


……そう、そうなんだ。

俺は時雨と二人きりで、同じ家で生活しているんだ。

恋人である晴香といる時間より時雨といる時間の方が何十倍、いや何百倍も長い。

そんな環境で時雨への気持ちを胸の内で殺し切るって、難易度高すぎないか?

一応釈明するが、俺だって頑張ろうとはしているんだ。

今だってそう。好きで聞き耳を立ててるわけじゃない。

例えるなら、そう、唐突に歌のフレーズが脳内に流れ出して、自分では止めることができず延々ループされる、そういう経験って誰にだってあると思う。アレに近い。自分ではどうしようも無いくらい、聴覚に意識が持っていかれてるんだ。

気持ち悪いことしてんじゃねえぞと自分を罵って自主勉を試みたりもしたが、テーブルに広げられたノートは真っ白なままだ。まるで集中できない。

「……！」

そして、ガチャリと、扉の開く音で俺の緊張と興奮は最高潮に達した。

浴室の扉の前に脱衣所を確保するため吊るされたカーテン。その下の隙間から時雨の白い足が僅かに覗く。

もう俺達の間にはドアすらない。

あるのは少し厚手の布だけだ。

見るな見るなという理性の声をガン無視して、俺の視線はカーテンの下、ほんの5センチ程度から覗く時雨の白い足に吸い寄せられる。

可愛い指。綺麗な爪。ほんのり赤らむ踵。

それがちょこちょこと動くたびに、体がかーっと熱くなって、汗が噴き出して、喉がカラカラに渇いてくる。

「お先に失礼しました。おにーさん」

やがてカーテンが開かれ、水色のキャミソールに白地のホットパンツという涼しげな寝巻に着替えた時雨が出てきた。

その組み合わせは時雨の定番の一つだ。

だからもう何度も何度も見た、目新しくもない格好。

なのに、俺の意識はそれに吸い寄せられる。

湯上がりの火照った顔。

額に張りつく濡れた乱れ髪。

クーラーのない家で熱帯夜を凌(しの)ぐための薄手の服。

学校での時雨しか知らない奴(やつ)らには想像もできない、俺しか知らない時雨の姿。

それがあまりに魅力的で——

「ん？　私の顔に何かついてますか？　洗ったばかりなんですけど」

くりんと大きな時雨の瞳が、風呂上がりの彼女を見つめて呆(ほう)けていた俺を映す。

それに俺はぎくりとして、思わず目を逸らしてしまった。

「い、いや！　何でもない……！」

アホか俺は、何見とれてるんだよ……！

「じゃ、じゃあ俺も風呂入るわ。今日は暑かったから汗かいたしな、あはは」

「……ええ。ごゆっくり」

俺は時雨の視線から逃げるようにカーテンを閉める。

服を脱ぎ捨てて浴室に入って扉を閉じる。

そしてその扉にもたれかかり、俺は大きなため息を零した。


「……キョドりすぎだろ、俺」


昨日まで、時雨が風呂入ってても、風呂上がりの姿を見ても、こんなに意識することなかったのに。

今では足の先っぽにすらドキドキしてる。

俺がここ数ヵ月で培ってきた『兄』としての経験値はどこへ行ってしまったんだ。

……でも、そう嘆く半面、ある意味これは当然なのかもなとも思う。

だってちょっと前まで俺ときたら彼女もいなければ、中学に入ってから女子の手すら握ったこともなかったんだ。

女子と話すだけでも身構えて、異性であることを気にしすぎるあまり不自然にソーシャルディスタンスを確保してしまったり、本人は紳士であろうとしているんだろうが、傍から見ると意識しすぎて逆にキモい、そんな感じの奴だった。

そんな俺が、時雨という３６０度どこから見ても美少女な女の子と、一つ屋根の下、ごくごく自然体で軽口を叩き合ったり、楽しく食事をしたり、布団(ふとん)を並べて寝たりできていたのはきっと『ドキドキするのは時雨が晴香とそっくりだからだ』っていう理由付けでそのへんを思考停止してきたからだろう。


だけど今の俺はもう、時雨の中に晴香を見ることなんてできない。

時雨は時雨にしか見えない。

時雨という晴香とそっくりな、でも全く違う魅力にあふれた女の子にしか。


そうなるともう、視線を交わらせることすらままならなくなる。

鍍金(メッキ)がはがれた、ってやつだ。

言い訳を失い、むき出しの人間性が試される今、俺なんて所詮(しょせん)こんなものなんだろう。

でも……


「……それを表に出すのはダメだぞ……」

さっきのは本当に良くなかった。

風呂上がりの時雨に見とれていたのもそうだけど、そのあとの反応も最悪だ。

キョドりまくりで不審すぎる。

俺の中に芽生えてしまった、晴香に絶対知られてはいけない気持ち。

でもこの気持ちを知られてはいけない相手は晴香だけじゃない。時雨もだ。

だって、時雨は俺のことがやばいくらい好きだから。……こう言うと己惚(うぬぼ)れが強いようにも聞こえるが、時雨がああも自分の気持ちを見せてくれている以上、これは事実だ。

だから、俺の方も時雨のことを意識しているなんてことが時雨にバレてしまったら、時雨はきっともう止まらないだろう。俺のファーストキスを塗りつぶしたあのケモノのようなキスの再現だ。この家はサバンナと化す。

だから、そういうシチュエーションになること自体を徹底して避けなければいけない。

そのためにもさっきみたいにキョドるのは無しだ。

俺の心の鍍金(メッキ)が剝(は)げたことは隠さないと。

なるべく普段通りに過ごすんだ。

さあ顔を洗って気持ちを切り替えよう。

俺は洗面器を持って湯船の湯を掬(すく)おうとする。

「っ…………」

でもそこで俺は思い出してしまった。

ほんの数分前まで、この湯船には時雨が浸かっていたことを。

「……いや、いやいや。だからそういうことを考えるなって話だろうがよっ」

大体時雨が浸かったお湯だからなんだっていうんだ。

変態か。そんな性癖はないだろ。

気にせずいつものようにバシャっといけ。バシャっと。

もう何ヵ月一緒に住んでんだよお前は！

そう俺は自分自身を叱咤する。だけど、

「ま、まあ今日はシャワーのキブンかな、うん。暑いしな……」

クソ雑魚だった。

こんなザマで本当に俺は時雨への気持ちを隠し通すことができるんだろうか。

×　×　×

結局俺はシャワーだけで風呂を済ませ、浴室を出る。
着替えてから冷蔵庫に向かい麦茶を取り出すと、余計な緊張で渇いた喉を潤す。
そうしていると居間でテレビを見ていた時雨が呼びかけてきた。

「おにーさんおにーさん」

しかも——ザ・時雨って感じの意地の悪い笑顔で。
……うん。絶対にろくなことじゃない。
嫌な確信を覚えながら、俺はいつも通りを意識しつつ返事をした。

「ん？　なんだ？」

すると時雨はぽんぽんと自分の腿を叩いて、言った。

「お膝に来てください。耳かきしてあげますから」

「は、はあっ⁉　ナ、なんで⁉」

い、いきなり何を言い出すんだコイツ。

つーかできるかよ、そんな恥ずかしいこと！


「い、いらねえよ。そういうのは恋人同士でするもんだ」

「えーそんなことないですよー。私はお母さんにしてもらってましたし。姉さんにしてあげたこともありますよ」

「そりゃ女同士は別だろ」

「女同士って……ちょっとちょっとおにーさん。たかが耳かきで何考えてるんですか～？　家族だったら普通にするでしょ～」


ヘンに意識しちゃってやらしー、と笑う時雨。

う、たしかにちょっと大げさだったか？

仲がよかったら兄妹でもするのかもしれない。

でも、でもだ。時雨の格好は熱帯夜を少しでも涼しく過ごせるよう、薄着だ。真っ白で綺麗な太ももだってむき出しだ。そこに頬(ほお)っぺたを乗っけるとか——絶対エッチじゃん！

そんなことしたら俺は絶対時雨のことまた好きになってしまう。

そんなえっちなことはいけないと思います！

「確かに昔母さんにしてもらったことはあるけど、子供の頃の話だ。いい年なんだから耳かきくらい自分でやるっつーのっ」

「じゃあ脅迫します。このおにーさんの寝顔写真を姉さんに送信されたくなかったら大人しくお膝に来てください」

「——ァッ⁉」

時雨はニヤニヤしながら自分のスマホで撮った俺のブッサイクな寝顔を見せつけてくる。

コイツいつの間に……！

「私がおにーさんに耳かきをしたいんです。だからおにーさんの意思は関係ありません。ほらほらいいんですかー？　姉さんびっくりしちゃいますよー？」

「お前はまたそういうことを……！」

「私がせっかく脅迫をやめてあげるって言ったのに、おにーさんがその機会を棒に振ったんじゃないですか。だったら私が遠慮してあげる必要なんてないですよね？　んーこっちのよだれ垂らしてる方が可愛くって姉さんも喜びますかね～？」

「わかった！　わかったからその画像は今すぐ消せ！」

早速時雨を拒絶できなかった弊害が表面化した。

時雨がその事実を免罪符として使い始めたのだ。

実際、この弱みを持ち出されたら俺に抵抗なんてできるはずがない。

そう、俺はもう、時雨の言う通り、時雨の太ももに横になるしかないのだ。

あの……まるで剝きたてのゆで卵みたいに白くて柔らかそうな太ももに。

っっ～～～～、

バカ、ドキドキしてんじゃねえ。

俺はやりたくてやるわけじゃない。

脅されて、仕方なく膝枕されるんだ。

晴香との関係を守るため。晴香を悲しませないため。

そう、これは晴香のための膝枕なんだ。

断じて、断じて俺がして欲しくてされるわけじゃない。

だから迷惑なだけで嬉しくなったりしない。絶対に。

絶対に気持ちよくなったりしない。


俺は自分自身にそう言い聞かせ、言い訳、建前、理論武装を思いつく限りバリケードとして心を守る。

それから最大限の努力で平静を保ったまま「やるからにはちゃんとキレイにしろよ」なんて軽口を叩いて、これ見よがしに俺余裕ですから感を出しつつ時雨の太ももを枕にした。

瞬間、何重にも構築したバリケードは一撃で消し飛んだ。


あ、あ、あ、あ～～～～……


これは……やばい。ヤバすぎる。

なんだこの気持ち良すぎる感触。

見た目の印象通り柔らかいんだけど、決して柔いわけじゃなくて、しっかりと俺を受け止めてくれる張りのある弾力。

毛穴なんて存在しないんじゃないかとさえ思えるほどすべすべな、ひっかかりのない肌触りが頬に心地いい。

なによりやばいのは……温度だ。

これがもうなんか、すごい。

人の肌、人の肉でしか持ちえないどこまでも安心する温度。しかも風呂上がりだからだろうか、火照った肌から清潔感のあるソープの香りと、かすかな汗の匂いが程よく混じり合って立ちのぼってきて……


「じゃあ耳かき入れるんで、じっとしててくださいね」

「っっ……！」


さらに追い打ちが来る。

時雨が耳かきの棒を俺の耳に挿し込んだのだ。

耳の中、体の内側にぞぞ、と、俺以外の意思が入り込んでくる。

予想も予測もできない刺激が、肌とは段違いに敏感な部分を撫でる。

自分でする耳かきとは全く違うその刺激に、俺は思わず身震いした。

あああ……。ダメだ。これダメ、駄目だってはっきりわかる。

だって気持ちいい。気持ち良すぎる。

俺、……今ものすごい勢いで時雨のこと好きになってる。

危険だ。こんなこと続けられたら、俺……、

「はぁい。これでおにーさんは……もう逃げられませーん」

「……え」


ちょっとまて。

頭が溶けてて聞き逃しそうになったけど、今コイツ、なんて言った。

逃げられない？

なんだその、不穏（ふおん）な言葉は。

「お、おい、今」

「あ。動いたらダメですよ。——ほら」

「うあ……！」

耳かき棒の曲がった部分が耳の粘膜をひっかいて、くすぐったいような刺激を生む。

その刺激に俺は思い知らされた。

今の自分が、とんでもなく無防備だってことを。

だって今の俺は、首を動かすことすらできないんだから。

つまりそれは、時雨に何をされても逃げることができないってことで――、

「ね？　危ないですからじっとしててください。そう。そこでじっとして、――私の尋問に付き合ってくださいね」

「じ、尋問⁉」

さらに物騒な言葉が飛び出してきて、さっきまでの甘い興奮が寒気に変わる。

首を動かして時雨の表情を見ることすらできないのが、恐ろしさに拍車をかける。

「ふふ。そんな怖がらなくていいですよ。ちょっとおにーさんに聞きたいことがあるだけ。でも普通に聞いたら逃げられそうだったから、こうしてひと手間かけただけですから」

「な、なんだよ、それ……。そこまでして何を聞こうってんだ……」

「今日の昼間、どーして私を突き飛ばさなかったんですか？」

一気に血の気が引いた。

だってその質問は、耳かき棒を突っ込まれていなければ脇目も振らず逃げ出したほどの、俺が今一番聞かれたくないものだったから。

「私は、姉さんが大好きなおにーさんにとってとても魅力的な提案をしたつもりです。難しい条件を要求したつもりもありません。ほんの少し、軽く肘を伸ばすだけでおにーさんは姉さんと『やり直せた』んです。『やり直したい』って自分で言いましたよね。なのに、ねえ？　どうしてなのかなぁ？」

っっっ…………！！！！

お、おぉぉおちおち落ち着け！

ヤバいって感情を顔に出すな。態度に出すなっ。

俺は必死に自分に言い聞かせる。

だって俺が時雨を……晴香の代わりじゃない時雨自身を好きになってたなんて知られたら、もうジ・エンドだ。

そんなことになったらアレだ、襲われる。初めてのキスの夜みたいに。

なにか、時雨が納得できる言い訳を考えて誤魔化すしか、

「……私のこと、好きになっちゃった、とか」

「っ～～～～～～～～！！！！」


こ、……これは詰んだのでは？

だって口調がもう疑問形じゃない。

確信してる感がにじみ出てる。流石にここから入れる保険はないでしょ。


って、いやいやまて、何を俺は観念しそうになってるんだっ。


確かに時雨にはある程度の確信はあるのかもしれない。

だけどこうして俺の言葉を引き出そうとしてるってことは、まだ絶対じゃないんだ。

たぶん。きっと。そういうことにする！

だから諦めるな。俺が時雨を拒絶しなかったのは時雨を好きになったからじゃないと、そう言い繕えるようなそれっぽい理由を考えるんだ。頑張れ俺！　人一倍勉強してきた頭を今こそ

使うときだ！

「んー？　なんで黙ってるんですかぁ？　もしかして耳垢が詰まって私の声が聞こえないのかなぁ？　じゃあ奥の方まで綺麗にしないといけませんね」

あっ、あ、あっ！

ダメだ。絶妙なタイミングと力加減で耳をイジられて、考えごとに集中できにゃい……！

「ビクビクしちゃって。目もきゅーって瞑（つむ）っちゃって。おにーさん気持ちよさそう」

「っっ〜〜〜、」

耳の奥を弄（いじ）られる甘い痛みのような刺激と、時雨の温かい太ももと、そこから立ちのぼってくる甘い匂いで、頭がぼーっとしてくる。

「ねえおにーさん。さっき私、話を聞くために耳かきに誘ったって言いましたけど、ホントはそんな理由なんてなくてもおにーさんにこういうことしてあげたかったんですよ」

まどろみの中にいるみたいな心地よさに意識が散漫になって、何も考えたくなくなって……

「私ね。おにーさんにしてあげたいこと、いっぱいあるんです。私がどれだけおにーさんのこと大好きか知ってほしいから。もっとおにーさんと仲良しになりたいから。……もしおにーさんもそう思ってくれてるなら、だから私を拒絶しなかったのなら、それをおにーさんの口から聞かせてほしいなぁ。そしたらもっとおにーさんと仲良しになれるのに」

靄の掛かった思考に、耳からとろとろと毒の蜜が注ぎ込まれていく。
甘い甘い毒が脳味噌にじくじく染み入ってくる。

「おにーさん。私と『仲良し』したくない？」

そこ動詞だったんですか……。
仲良し、時雨と仲良し。なんかとてつもなくえっちな響きだ。
そして、だからこそ……否定しようのないほど魅力的な響きでもある。
もちろん誰とでも仲良ししたいわけじゃない。
だけど時雨となら、時雨だからこそ——俺だって、

「…………………」

……もし、もしだ。今頷いたら、本当に仲良ししちゃうんだろうか。

この子が俺に向けてくれる愛情に素直になったら、この二人っきりの狭い家の中で。

俺達を遮るものが襖や鍵のない扉くらいしかないこの場所で。

想像すると、それはあまりにも甘美で――……だけど、

「……そんなんじゃ……ねえし」

絞り出すように俺は言った。

俺にそうさせたのは、昼間に見た晴香の笑顔だった。

あの笑顔を裏切るな。悲しませるな。

どんなに時雨に惹かれていても、俺は晴香の彼氏なんだから。

「あの時突き飛ばさなかったのは……勢い余って怪我させたらどうしようって思っただけで、深い意味なんてない。時雨の勘違いだ」

「……なーんだ。そういうことですか。ざんねーん」

俺の返答に時雨は落胆したように言って、耳かき棒をそっと引き抜いた。

……とってつけたような理由だったけど、誤魔化せたようだ。

俺はホッと胸をなでおろして、

「それでも私は、おにーさんのことが大好きですよ」

瞬間、囁きと共に耳に吹きかけられた吐息に声をあげそうになった。

驚いて顔をあげると時雨はニッコリ微笑んで言う。

「はい。じゃあ反対側も掃除するので向きを変えてください」

……本当に時雨は俺の本音に気づかなかったんだろうか。

俺の何もかもを許すような笑顔からは何もわからない。

ただ一つわかるのは、彼女が俺のことを愛してくれているということだけ。

それだけは……申し訳ないほどに伝わってくる。

俺がどれだけ不誠実な嘘をついても、身勝手なことを言っても、変わらずに隣にあり続ける愛情。

その一途さに、胸の奥底で枯らせると決めた感情が疼く。

改めて俺は思った。

この真っすぐな気持ちを受けながら、胸の奥に萌芽した時雨への気持ちを枯らせるなんて、できることなんだろうか、と。

正直に言えば、もうまったく、微塵も、できる気がしなかった。

カノジョの妹とキスをした

I kissed My Girlfriend's Little Sister ♥

第二十九話　ぴったり×30min

その日、俺と時雨は二人で皆ご存じの家電量販店ヨドバヤシカメラに来ていた。

目的は炊飯器の買い替えだ。

母親が生きていた頃からずっと使っていた歴戦の老兵が先日ついに天に召されてしまったので、急ぎ後任を登用すべくやってきたのだ。

ちなみに我が家から最寄りのヨドバヤシカメラまでは快速で五駅。約三十分の道のりになる。遠くはないがすごく近いわけでもない。

この店は通販もやってるんだからそっちで済ませばよさそうなものだが、時雨は現地に行きたがった。

現地で値切った方が安く買えるから、とのこと。

でも……果たしてそう上手く行くもんかね？

俺も値切りは試したことがあるが、大抵ポイント還元合わせてネットの価格と同じくらいにしかならなかった記憶がある。

ネット通販最大手の某密林の価格が、ある種のボーダーみたいになってるんだ。

結局ネット通販以下にはならないのなら、現地までの電車賃と移動時間を加味するとむしろコスパは悪くなる。

特に八月中旬という猛暑真っただ中ならなおのことだ。だから俺は渋ったんだが、

『それはおにーさんが対人スキルに難のある陰キャだからじゃないんですか？』

なんてとんでもなく失礼なことをぬかしやがった。

ほーんそうですかそうですか。

だったら対人能力の塊（かたまり）である時雨さんのお手並みを拝見させていただこうじゃないの。

とまあ、そんな経緯で俺は今、たぶんフロアの偉い人であろう歳（とし）のいった店員を捕まえて値切り交渉をする時雨の様子を遠巻きに見物しているわけだ。

陰キャなのは自分でも認めるところだが、自分で認めるのと人に言われたのを肯定するのは不名誉度が違う。だから俺は俺の名誉を棄損（きそん）した賠償として電車賃とポイント還元込みで密林価格を下回れなかった場合、帰りのスタバを時雨に奢（おご）らせる約束を取り付けた。

逆に下回った場合は俺持ちなので、俺は時雨と相対する中年店員に応援の念を飛ばす。

だが――、

「もう少し、あと五千円だけ、安くなりませんか？」(縋るような上目遣い)

「い、いやお嬢ちゃん、二万円の炊飯ジャーを五千円安くって全然少しじゃなくない？」

「私、毎日おしごと頑張ってるお父さんに美味しいご飯を食べさせてあげたいんです。でもウチ貧乏で……お米もあんまりいいお米は買えなくて……。だからせっかく買い替えるなら少しでも良い炊飯器にしたくって……ほんとにダメ、ですか？」(そっと中年店員の手を取る)

「っ～～～！　わかった！　おじさんの負けだ、もってけドロボー！　君のお父さんはいい娘さんを持ったよホント！」

クソかよ。

「ハイ私の勝ちー。三時のティータイムはおにーさん持ちですよ」

「ざっけんな！　ほとんどハニートラップの類じゃねえか！」

商品を手に勝ち誇った顔で戻ってきた時雨に俺は抗議する。

これに時雨はぷーっと頬を小さく膨らませた。

「往生際が悪いですよおにーさん。そういうのカッコ良くないと思うな」

「この賭けの発端は対人スキルの有無のはずだ。固有スキルといってもいい性別とルックスを利用するのはレギュレーション違反だ」

「あら。あらあら。おにーさん、それは私のことを美人と、おにーさん自身が思っているということですね？」

「……そりゃ、俺の彼女の顔でもあるわけだしな」

時雨自身を褒めたと思われると癪なので俺はそう返した。

「んーでも美人は基本損ですよ。厚かましく利用できる対人スキルがあってようやくプラスになるものというのが私の持論なんですが」

「へーへーソウデスカー」

「なのでちゃんと帰りに奢ってくださいね」

まったく納得できない。

美人で損することなんてあるわけないだろ。

だけどこれ以上ゴネるのも確かに男らしくはない。

……まあ時雨が炊飯器を値切ってくれたおかげで家の予算が節約できたのは事実だし、労い（ねぎらい）の意味も込めてスタバくらい奢ってやってもいいか。

俺はそう自分の中で納得し、わかったと返事をする。

そして時雨から炊飯器の入った包みを受け取り、出口に向かう。

その途中だった。

ガラスのショーウインドーが並ぶアクセサリーコーナーを通りがかったのは。

「何を見ているんです？」

「い、いや別に……」

マズい。思わず目を取られて立ち止まってしまった。

「女性用のアクセサリーじゃないですか。……ああ、なるほど。そう言えば夏休み開けたらすぐですもんね。姉さんの誕生日」

「う、まあな」


マズイっていうのはそういうことだ。

……正直時雨と、あんまり晴香の話はしたくないんだ。

時雨の気持ちを知ってるぶん、居心地が悪いから。

でもそんな俺のバツの悪さなんて知りもしない時雨は、グイグイ尋ねてくる。


「誕生日プレゼント、アクセサリーにするつもりなんですか」

「……まだ決めれてない」

「でもこの店に目が留まったってことは、アクセサリーも選択肢の一つではあるんですよね」

「定番っちゃ定番だろ。ネックレスとか、指輪とか……」


ここまで話が進んだら無理に話題を変えるのも不自然だ。

俺は観念して時雨の質問に答える。

つまりは俺が晴香への誕生日プレゼントに悩んでいるということを。

年に一度のことだし、何より俺が晴香に物を贈るのはこれが初めてだ。初めてのプレゼントと意識すると、やっぱり特別感のある記憶に残る物を贈りたい。

でも記憶に残るような物ってなんだと改めて考えると、何しろ当方交際経験は晴香一人なので経験が足りず、どうにも決めきれなくなってしまうんだ。

そんな人間が頼るのは結局定番だ。

でも、これに時雨は難色を示した。


「ええ……リングは無しでしょ」

「お、おかしいか？」

「おかしいというか重いです」


う……。まあ俺もそう思わないでもない。

指輪は確かに特別感という意味では比類ない気はするけど、逆に特別すぎる感がある。

俺なんて所詮ただの高校生なわけだし。だけど……、

「アクセにしてもブレスレットとかの方がいいと思いますよ。リングは制服やラフなコーデだと使いづらいですし。天然石のブレスレットなら学校にも——……あー、ちょっと待ってください」

途中で言葉を止め、時雨が待ったをかける。

「な、なんだ？」

「いえ、……考えてみたら姉さんならリングは大喜びしそうだなって思いまして」

うん、そうなんだよ。

確かに特別感強すぎるから他の女の子なら引きそうな気はするんだけど、晴香は喜んでくれるんじゃないかって思うんだ。晴香と数ヵ月付き合った彼氏の所感として。

そしてそれは彼女を生まれたときから知っている時雨も同意見らしい。

「そうですね。リングも姉さんになら有りかもしれません。さっきの言葉は撤回します」

「そうか……」

だったら思い切って指輪にするのもいいかもしれない。

もちろん、ここじゃなく百貨店とかで、包装もちゃんとしてもらって、だ。

「ところでおにーさん」

「ん？」

「実はですねぇ、私と姉さんって、双子なんですよ」


は？


「つまり姉さんの誕生日は私の誕生日でもあるわけです」

「お、おう。そうだな」

「常日頃からおにーさんのために献身的に尽くしている可愛い可愛い妹に、プレゼントはないんでしょうか？」


なるほど。

まあ確かにこの話題に流れる気はしていた。

それも俺が時雨にプレゼントの話をしたくなかった理由の一つではあった。

そしてこのおねだりに対する俺の返答は決まっている。


「ない」

「えー！」

「あ、そうだ。帰りに奢る分が時雨へのプレゼントだ」

「そんなぁ！　おにーさんケチ！　ケチですよ！」


悲しそうに目を潤ませる時雨。

その表情にちょっと胸が痛むが、俺は本当のことを言うのはぐっとこらえる。

本当のことというのはつまり、彼女の誕生日プレゼントのことだ。


そりゃもちろん用意するさ。初めから用意しないなんて発想は無い。

確かに今時雨にプレゼントを贈るという行為は……こう、彼女への好意を育てまいとする俺の行動方針からは外れることかもしれないけど、だからといって妹の誕生日にプレゼントの一つも贈らないというのはあんまりだ。


だからもちろん時雨にもプレゼントは贈る。

ただ、それを事前に知られるというのは贈る側からしたらちょっと面白くない。

やっぱりサプライズというのは不意をつかないと。

「あ、このブレスレット可愛い。ねえねえおにーさん、私にとっても似合うと思いませんか？」

「ふーん。確かに似合うな。会計してこいよ。俺ここで待ってるから」

「うーっ！」

「買わないいなら行くぞー」

「うーうー！」


駄々っ子のように唸る時雨を置いて俺は歩き出す。

結局そのあと入ったカフェでも時雨は俺に恨み言を言い続け、『いいですよー。どうせ当日は姉さんとデートでしょうし、私は一人寂しくホールケーキでお祝いしてますよーだ』と拗ねてしまった。

……ちょっと悪い気もするが、コラテラルダメージというやつだ。

さっきのブレスレットのことはちゃんとチェックした。

後日こっそり買いに行くとしよう。

×　×　×

「うわ、めっちゃ混んでるな………」

時雨が俺の金でケーキを三つも平らげ多少気をよくしたところで、俺達はスタバを出て帰路についた。

だが時間は丁度夕方の六時。

駅のホームは会社帰りのサラリーマンや夏休み中の学生でごった返していた。

……こんなことならもう少し早く帰るべきだったな。

通学だと各駅停車にしか乗らないから、油断していた。

これから二、三十分この人混みの中で芋洗いになると思うと、かなりうんざりだ。

それは時雨も同じようで、俺の横で深々とため息をついた。


「私、嫌いなんですよね。満員電車って」

「まあそりゃ好きな奴(やつ)はいねえだろ」

「そうでもないですよ。ほらさっきの美人だから嫌な思いをすることもあるって言ったでしょ。私、福岡(ふくおか)に住んでた時は結構長い時間電車通学してたんでいつも満員電車に乗ってたんですけど、その電車にたまに出たんですよ」

「何が。幽霊?」

「痴漢が」

その生々しい言葉に俺はぎょっとしてしまう。

だってそれは、女友達もろくにいない俺にとってあまりに遠く、想像もしなかった言葉だったから。

「ち、痴漢って、お前、なんかされたのかっ」

「そりゃされますよー。こんなに可愛いんですもん。私。も～その日は朝から気分最悪って感じで――わわっ」

と、俺達が話をしていると人の流れが動き出した。

電車が到着して、扉が開いたのだ。

開いた扉にホームの人間が殺到する。

だが電車の中にも当然人はいて、四方八方から圧が加わり流れは混沌(こんとん)とした濁流(だくりゅう)になる。

その最中、俺と時雨の間に中年のサラリーマンが肩を怒らせ押し入ってきた。

瞬間、先ほどの生々しいワードがリフレインする。

――痴漢。

その言葉から連想される嫌な想像が、俺を濁流に抗わせた。

俺は押し入ってこようとするサラリーマンを押し返して、時雨から離れまいと動く。

そして、流れに背を押される形で時雨を入ってきた側とは反対の扉脇に押し込み、時雨に覆うよう壁に腕を付いた。

その体勢に時雨は驚いたように目をぱちぱちさせる。

「へ？　おにーさん、なんで私に壁ドンしてるんですか？」

「なにって……、わけじゃねえけど……」

だがそこは察しのいい女。すぐに俺の思惑に気付く。

「あっ……もしかして、守ってくれてるんですか？」

「……あんな話聞かされたら、なんか咄嗟に……」

「そんな神経質に受け取らなくてもいいですよ。私これでも結構強いですし」

「それは知ってるけど……知っているけどさ。気持ち悪いものは気持ち悪いだろ」

俺は痴漢なんかされたことないから想像するだけしかできないけど、自分が見知らぬおっさんにべたべた触られたりしたらと思うとやっぱり身の毛がよだつ。

そんな理不尽な経験を時雨がさせられていたと考えると、……ものすごく腹が立つ。

絶対に許せない。二度とされてほしくない。

時雨が強いとか慣れてるとかそういう話じゃない。

俺が嫌なんだ。


まあでもこれなら仮に痴漢がいたとしても時雨を狙おうとは思わないだろう。

この体勢から時雨に触れようとすれば俺の脇から手を差し入れるしかないからだ。

ただ……、

「優しいですね。おにーさん」


時雨を守るため咄嗟にとった体勢だが、ちょっと考えが足りなかった。

この体勢……時雨の顔が丁度俺の目の前に来てしまうんだ。

彼女の大粒の瞳の虹彩がハッキリ見えるほど、余所行き用に薄い色のリップが施された唇の震えが見えるほど、――好きになっちゃいけないのに好きになってしまった女子の顔が。

それは、ほんのすこし後ろの誰かが俺の背中を押しただけで、キスできてしまいそうな距離で……

って、これじゃ俺が痴漢じゃねえか！

時雨を壁脇に追い詰めて、覆いかぶさって、何を考えているんだ。なんだキスできてしまいそうって。

俺はバカな妄想をする自分を叱って目を閉じる、――が、

「だけどその体勢だとおにーさんはもう身動きが取れませんよね。いいのかなぁ。私の前でそんな無防備な姿さらしちゃって」

「っ……！」

そのときだった。

時雨の声音が突然意地悪な色を帯びたのは。

ぞっとして閉じかけた目を開けると、時雨は口角を持ち上げて、あの悪い笑顔を見せる。

そしてそっと目の前にある俺のみぞおち辺りを指先で触れてきた。

「知ってますか？　痴漢っていうのは自分より弱そうな、抵抗できなさそうな相手を狙うらしいですよ。怖いですねぇ。だって……今のおにーさん、とっても弱そうだもの」
「ちょ、お前……、っ！」

クルクルと時雨の指先が円を描くように動く。
よく手入れされた真珠のように綺麗な爪が、薄い夏服越しに俺の皮膚を掻く。
くすぐったさに身震いする俺を他所に、時雨の指先の動きが円から上下にひっかくような動きに変わる。カリカリ、カリカリ、俺の皮膚を甘くひっかきながら徐々に鳩尾から胸板に登ってきて、そのまま右胸の方にゆっくり舵を——って、コイツその指で俺のどこを触る気だ⁉

「なーんちゃって。あははっ、冗談ですよ」

でも次の瞬間、時雨はパッと俺の胸板から手を離した。

「そんなに怯えた顔しないでくださいよ。おにーさん想いのよく出来た妹である私が、そんな性質の悪い悪戯するわけないじゃないですかー」
「て、てめぇ、今までの自分の行いを振り返ってもう一度言ってみろよ……」

「あーあー電車の音がうるさくて何も聞こえませーん」

時雨は適当なことを言ってすっとぼけやがる。

こんな図太い女を少しでも可哀そうと思った自分が情けなくなってきた。

「とはいえ、実際この体勢はちょっとよくないですね」

「なんで？」

「だってこんな私を壁に押し付けるみたいな格好、おにーさんの方が痴漢に思われてしまうかもしれないじゃないですか」

「……いや、それはないだろ。歳変わんねえじゃん。学生同士なら、普通に恋人だと思われるんじゃないか？」

「おにーさんの顔面偏差値でですか？」

「お前には人の心がないのか泣くぞ」

「というか恋人に思われるならそれはそれで問題では？　この電車にクラスメイトがいないとも限りませんし」

う、それは、確かに。

ここは星雲学生の生活圏だ。顔見知りと同じ電車に居合わせる可能性はなくはない。一緒にいる程度なら偶然会っただけで通る。知らない間柄じゃないし。実際そう言って知人をやり過ごしたこともある。けど、この体勢を見られるのは確かに良くない。

幽霊部員ならぬ幽霊学生みたいな影のうっすい俺だけなら話題にもならないだろうが、その美貌と人当たりの良さからクラスでも人気のある時雨とセットだと下手したら話題になってしまうかもしれない。それが巡り巡って晴香に伝わってしまったら大変だ。

……とはいえ車内はすでにぎゅうぎゅう詰め。

少し人が減らないと体勢を変えることもできない。

ど、どうしよう。

俺が悩んでいると、時雨が動いた。

「だから――すこし失礼しますね」

時雨はそっと俺の腰に手を回すと、そのまま身を寄せてきた。

突然のことに俺はぎょっとしてしまう。

「な、何してんだよっ。冗談じゃなかったのかっ」

「落ち着いてください。こうやって私から抱きついていれば、あらぬ誤解も受けないし、私の顔も見えないでしょう」


耳元でひそひそと囁きながら時雨は俺の肩に額をあずけるように顔を伏せる。

確かにこれならどう見てもカップルに見えるし、時雨の顔も見えない。

だけど、

「ね？ これで大丈夫でしょう」


……いや大丈夫ではない。別の意味で大丈夫じゃない。

だって、こんなの抱き合ってるに等しい。

俺の胸板に時雨の胸が当たってる、ってか潰れてる。

夏の盛りの外出。当然お互い薄着だ。

柔らかさも体温もはっきり伝わってきて、俺が心の中で枯らすと決めている感情をこれでもかと刺激してくる。

心臓がバクバクと高鳴り始める。

きっと……時雨にも伝わってる。

それはダメだ。俺の気持ちに気付かれるかもしれない。だからダメなんだ。

ダメなんだ、けど――


「……あ、ああ。そう、だな」


時雨の言う通り、この姿を顔見知りに見られるのもダメだ。

見通しのきかない満員電車とはいえ、万が一はある。

時雨の顔だけでも隠せば、それを予防することはできる、はずだ。


……だから、俺は自分に言い訳した。

今だけだ。と。

別に時雨と抱き合いたくて受け入れるんじゃ、断じてない。

俺が胸の内に秘め隠した気持ちに負けたわけじゃないし、晴香を裏切ったわけでもない。

あらぬ誤解を生まないために、駅に着くまでの間だけ、仕方なくだと。

そうして状況を受け入れると……自分の心臓の音に重なるように、もう一つ音があることに気付いた。

ぴったり合わさった胸板から、時雨の心音が伝わってきてるのだ。

とくん、とくん、と俺のとは違い落ち着いた、優しい音が。

俺はその心音に、人間なら誰でも当たり前に刻んでいる音に、不思議と感情を揺さぶられた。


……これが時雨の音なんだ。


数奇なめぐりあわせで俺の妹になって、俺を散々振り回して、だけどそれ以上に助けてくれた、優しくて愛らしい時雨という女の子が、俺の隣で生きている音。

その音に耳を澄ませると、不思議とさっきまでの緊張が嘘のようにほぐれていった。

穏やかな心地になって鼓動が落ち着いてくる。

落ち着いた鼓動が、時雨のリズムと重なって、混じり合う。

それがとても心地よくて、

「……このまま終点まで乗り過ごしちゃいましょうか」

「あほか……」

俺は、そう答えるのを惜しいと感じてしまった。

本当に、度し難い話ではあるのだが。

×　×　×

「あっつぅぅい……」

家に戻ってきた時雨はうんざりした声で言った。

そりゃ冷房きいてるとはいえ、あんな満員電車でずっと抱きついてたらそうなるわ。

「私、先にシャワー貰いますね」

「あ、ずりぃ。俺も汗だくなのに。お前のせいで」

「ならまた一緒に水着着て入りますか？」

「は、入らねえよ。体洗えねえじゃん。俺も入りたいんだからさっさと済ませろよ」

はーい。と生返事をして時雨は間仕切りのカーテンを閉める。

そしてすぐに衣擦(きぬず)れの音が聞こえてくる。

……危険な音だ。

俺はなるべく意識しないようにするためテレビをつけて、スマホを取り出す。

そこで俺はＬＩＮＥの通知に気付いた。

相手は……剛士(たけし)だ。

俺の男友達の一人。筋トレバカの武田(たけだ)剛士が、もう一人の男友達である若林友衛(わかばやしともえ)と俺のグループに書き込みをしていた。その内容は――

タケシ『博道(ひろみち)。急ですまんが明後日のシフト代わってくれんか？』

とのこと。

俺は剛士と一緒のドラッグストアでバイトしている。

明後日、俺は休みだし予定もない。代わることはできるが、とりあえず理由を尋ねる。

ヒロ『どうした？』

タケシ『明日部に新しいトレーニング機材が搬入されてくるんじゃが、設置を手伝えと先輩から呼び出されたんじゃ。先輩の命令じゃいやとも言えん』

なるほど。実に体育会系らしい理由だ。

俺は部活をやったことがないから偏見かもしれないけどな。

とりあえず遊びに行きたいとかそういうしょーもない理由でないなら、いいだろう。

ヒロ『明後日の昼からだったよな。まかせろ』

タケシ『恩に着るぞ！』

ヒロ『今度休憩時間にジュース奢れよ』

タケシ『お安い御用じゃ。チョコレート味とイチゴ味があるがどっちがいい』

ヒロ『それ絶対プロテインだろ』

いらねえよと思いながら、俺はスマホのカレンダーにシフト変更のことを忘れないように書き込む。

その操作をしていると、剛士から続けて通知が入ってきた。

タケシ『そういえば博道はインストはやっちょるのか？』

ヒロ『写真共有するやつだろ。俺があんな陽キャアプリやると思うか』
タケシ『まあキャラじゃないのぅ』
ヒロ『言っとくけどお前もこっち側だからな』
タケシ『何を言う。ワシはやっとるぞ』

え、マジ。初耳なんだけど。というか意外すぎるんだけど。
あれは女子と、もやしみたいに細っこくて女みたいな顔をしてるキノコヘアーの大学生しかやらないもんだと思っていた。

tomo『剛士はトレーニング日記つけてるよね。半裸の写真付きで』

驚いていると、俺と剛士のやり取りに今気づいたのだろう友衛が会話に入ってきた。
どうやら友衛は知っていたらしい。
まあ友衛はやってそうだもんな。ああいうの。女子との付き合いで。
それにしてもトレーニング日記って、

ヒロ『誰が見るんだよソレ……』

tomo『フォロワー五万人くらいいたっけ』

タケシ『七万人に増えたぞ』

ヒロ『うそだろ…………』

tomo『まあ剛士の筋肉は見ごたえがあるからねー。バエるよね。実際』

あのリア充アプリにコイツの筋肉を見たい人間が七万人もいるのか。

俺には理解のできない世界だった。

タケシ『というか、ワシの話はどうでもいいんじゃ』

おっと、確かに話が脱線してしまった。

コイツはいったいなんで俺にインストの話なんかを振ったんだ？

俺はタケシからのメッセージ更新を待つ。と、

タケシ『それより才川が今インストで話題になっちょるの、博道は知っとるか？』

予想だにしない名前が出てきた。

才川。――それは俺の彼女、晴香の苗字だ。

晴香がインストで話題に、って……どういうことだ。

tomo『あーあ言っちゃったよ。ヒロがヘンに不安になるかもと思ったから黙ってたのに。どうせインストやってないから知らないだろうし』

ヒロ『なんだよ、それ。どういうことだよ』

タケシ『ワシも詳しくは知らん。ただインストのトップ画面にバズッちょる才川の写真を見つけてビックリしたって話じゃ。よく撮れてる写真じゃったから、知らんのなら教えてやろうとおもってな』

バズるってのは確か人気が出るとかそんなんだ。

俺が唯一使っているSNSのツイッターでも聞く言葉だからわかる。

でも、インストでバズると、何がどうなんだ？　というかそもそもなんで、そんなところで晴香が話題になるんだ？

状況が理解できない。

そんな俺に、友衛が補足説明をしてくれた。

tomo『演劇部が夏合宿してたのはヒロも知ってるよね？　その時の写真を演劇部の部長が自分のアカウントで投稿してたんだよ』

——あっ。あれか。

俺は友衛の言葉で以前晴香が家に来た時見せてくれたアルバムのことを思い出す。

tomo『その中にすげー綺麗に晴香ちゃんが写ってる奇跡の一枚があってさ。それが超バズってるんだ。『この美少女は誰だ』『So cute!』ってもう１００万いいねくらいされてたんじゃないかな』

「ひゃ、ひゃくまん⁉」

思わず声に出てしまう。

インストの人口は知らないし、使ってないから基準もわからないが、一人の人間に１００万人が好意的な反応をしているというのがただ事ではないことはわかる。

で、でも……、

ヒロ『なんでそんなことに？　晴香は確かに可愛いけど、有名人でもアイドルでもなんでもない普通の学生だぞ……？　なんでそんなに注目されるんだ？』
tomo『それはほら。あそこの部長って現役高校生作家で、しかも美人だから、元々めちゃくちゃフォロワー多いんだよ。たぶん剛士の30倍くらいはいる』

ツイッターのフォロワー10人弱の俺からは異次元すぎて想像ができない世界だ。
tomo『フォロワーの多いアカウントな上に、話題を聞きつけた外部のまとめブログとかにも取り上げられて、話題がもうインストだけじゃ止まらなくなってるんだ。『千年に一人の美少女現る！』ってね』
タケシ『でも実際いい写真だった。彼氏なら見ないと損じゃ』

知ってる。見た。たぶん。
晴香に見せられたとき、引き込まれた一枚。
練習前の晴香を写した、あの可愛さと凛々しさが同居している写真。
話題になってるのはきっとあれだ。

なるほど。友衛が気を使ってくれたのも納得だ。

確かにそんな大勢の人間が自分の彼女の写真に群がってきてるのは、ちょっと複雑な気分になる。もしかしたらコメント欄とかで言い寄ってる奴とかもいるんじゃないだろうか。

……ただ、あんまりいい気分ではないけど、気になるかと言われればそうでもない。

だって、俺もツイッターで可愛い動物の写真とか、凄いと思った写真にいいねを押すことくらいある。でもそれは殆ど反射的にやってるだけで、別に深い考えがあるわけじゃない。

インストの100万人だって、そこは同じなんじゃないだろうか。

それにもしあの写真を見て晴香に惚れて、本気で言い寄ってる奴が一部いたとしてもだ、晴香はそういうの、喜ぶタイプじゃない。

ネット上の写真でしか自分を知らない男に甘い言葉を掛けられても、嫌がるだけだ。

だから写真を見てうっとりするくらいは許してやろうじゃないか。寛容な精神で。

ヒロ『つまり、俺の彼女サイコーってことだな！』

タケシ『全くじゃ。この裏切り者。許さんからな』

ヒロ『剛士もフォロワーそんなにいるならそっから彼女の一人や二人できるんじゃねえの』

タケシ『バカ言え。ネットで知り合った相手なんて怖いじゃろ』

ヒロ『その筋肉はなんのためについてるんだよ』
tomo『……ふーん。この話を聞いたらヒロが色々気を揉(も)むんじゃないかって心配してたけど、その様子だといらないお世話だったみたいだな』

確かに……少し前までならそうだったかもしれない。

実際海キャンのときは、晴香がナンパされたことにだいぶ動揺したし。

でも……晴香は俺と結婚したいとまで言ってくれた。

彼女から向けられる絶大な信頼を目にした今、それに疑いを持とうなんて思わない。


晴香は、俺のことが好きなんだ。

だから俺も、晴香を裏切っちゃいけないんだ。


そう改めて自分に言い聞かせていると、時雨がシャワーを終えて出てきた。

俺はスマホの画面を落として、時雨と入れ替わりで浴室に入る。

シャワーで汗を流している時にはもう、俺はバズり騒動に大した興味がなくなっていた。

所詮(しょせん)はネットの騒ぎ。リアルには関係ない。俺達の未来には影響ない。

そう思っていたから。

だけど、……それがとんでもない間違いだと思い知るのに、時間はかからなかった。

カノジョの妹とキスをした

I kissed My Girlfriend's Little Sister ❤

第三十話　突然×シンデレラ

なんでもない普通の女の子が、一晩でお姫様になる。

童話なんかで使い古されたありがちな筋書きだ。

17歳にもなるとそういう話を見ると、子供だましだなとか、ご都合主義だなとか、冷めた感想を抱いてしまうようになる。

実際の人生に、そんな都合のいい大逆転は起こらないと身をもって知っているから。


そう、知ったつもりになっていた。

だけどそんな自分こそが子供だったんだ。


ネットの騒ぎなんて関係ない。そんな俺（おれ）の楽観を置き去りにして、現実は加速を始めた。

件のバズり騒動は、インストユーザー内から大手掲示板へと飛び火。

それはさらに大手のブログによってまとめられ、四方八方に拡散。

ツイッターや他のＳＮＳでも話題に上るようになって……ついには、

『博道（ひろみち）くん。あたし、テレビにでることになっちゃった！』

地元のローカルテレビのワイドショーで、地元で話題の美少女演劇部員として特集が組まれるまでになったんだ。

これが俺がバズり騒動を知ってから一週間と少しの間に起きた出来事。

まさにシンデレラストーリー。おとぎ話を聞かされてるみたいな気分だ。

でも考えてみれば……著名人がネット上の失言一つで居場所を追われるような場面、そういったニュースはいくつも見た覚えがある。

だったら、その逆もあって当然だったのかもしれない。

それが不特定多数の人間のやり取りを文字通り光の速さにしてしまったＳＮＳの力というやつなんだろう。

でも俺は、この異次元のスピードで加速する現実について行けなかった。

元々現役（げんえき）女子高生大賞作家として地元の有名人だった演劇部長と二人、並んでインタビューを受ける自分の恋人の姿をテレビ越しに見ていた俺は……、晴香（はるか）が俺の住んでいる場所とは違う、遠い世界の住人になってしまったような不安を感じていた。

今まで晴香のことを知りもしなかった人間が、こぞって晴香に手を伸ばしている。その手はネットという仮想世界からついに飛び出して、今無遠慮に彼女を摑みあっちこっちに引っ張りまわしている。

このまま……俺なんかの手の届かない世界に彼女を連れて行ってしまうんじゃ……。

だけど――そんな考えがよぎる度、俺はかぶりを振ってその不安を頭から振り払った。

そして自分に言い聞かせる。

大丈夫だ、と。

どれだけ周りの見る目が変わっても、晴香は変わらない。

誰が手を伸ばしてきても、それに靡いて俺の側からいなくなったりしない、と。

そうして強がって、思いを馳せる。

カレンダーに記した夏休み最後の週の赤い丸。デートの約束をした花火大会の日に。

そこでいつもと変わらない晴香の、あの太陽のような笑顔を見れば、俺の馬鹿みたいな不安なんて、消し飛んでしまうに違いない。

俺はそれを信じて、待ち望んだ。

そしてついに……花火大会当日の朝を迎えたのだった。

×　×　×

「うぅぅぅぅうん……」

花火大会デート当日。
俺は昼間からキッチンの小さな鏡を睨みつけていた。
正確には、その中に映る冴えない不細工をだ。

いやほんとなんだこのぬぼーっとした顔は。
癖はないかもしれないが、味もないというか、無個性というか。
あれだ。モブだ。とても物語の主役を張れそうな顔ではない。

一方俺の彼女は今やちょっとした話題の人。このほんの二週間ばかりの間に、写真一枚からワイドショーに紹介されるまでになったシンデレラだ。
話題の高校生作家の下、演劇に打ち込む美少女高校生としてローカルテレビのワイドショーで紹介されてから、話題の熱量は一層高まったように思う。

どうにかもうちょっと釣り合いがとれるようにならないものか。

そう思ってかれこれ一時間ほど、服装を変えたり髪型をいじったりしてもう少し主人公な風体にできないものかと試みてるのだが……、

「また今更無駄な努力をしていますね。おにーさん」

同意だ。ぶっちゃけ俺も無駄な努力をしていると思う。

努力ってか、もう足掻き？　悪あがきだろう、これは。

せめて美容院くらい行っておくべきだったかもしれない。

ぶっちゃけめっちゃ悩んだんだ。行こうかなって。でもさ、怖いじゃん。美容院とか、行ったことねえし。あれだろ、カリスマなんとかとかがいて、あらかじめ予約しないと追い返されたりするんだろ。たかが散髪でさ。

まあ、そんな風に尻込みしているうちにデートの日は来てしまったわけだ。

「どうせ今から小手先で誤魔化したところで大して変わりはしないんですから、諦めて早くご飯を食べてください」

「あ、ああ。わかったよ」


すでに食卓についていた時雨が叱るようなトーンで言う。

俺は未練がましく鏡を睨みながらも、大人しく従った。

今日の昼ご飯は冷やし中華だ。

トマトの赤、卵の黄色、キュウリの青。

瑞々しい華やかな色彩が食欲を掻き立てる。

一口すると麺に絡んだスープの酸味が舌を震わせた後、あしらわれた白ゴマの芳ばしい香りが鼻に抜けて美味い。


「そういえば私にも姉さんを仲介してこの番組の取材のアポがあったんですよ」


俺が三切れしかないトマトを食べるタイミングに悩んでいると、時雨が垂れ流しているお昼のワイドショーを眺めながらそんなことを言った。

そのワイドショーは以前、地域の話題の1コーナーで晴香を紹介した番組だ。

そんな話は初耳だったので俺は驚く。

「マジで？　なんで？」

「それはもちろん私が姉さんの双子の妹だからでしょう。話題の『奇跡の一枚』の少女には、瓜二つの双子の妹がいた、なんて話題になりそうじゃないですか」

「受けたのか？　取材？」

「受けてたら私も映ってますよ。なんで好き好んで他人のエンタメとして消費されないといけないんですか。バカバカしい」

時雨は心底どうでもよさげに言う。

テレビの取材なんていったら俺みたいな小市民だとそれだけで気が動転してしまいそうだが、この不敵なまでに堂々とした態度は実に時雨らしい。

こういうとことん他人の評価に自分を左右されない姿は少しカッコよくさえ思える。

「でもそんな取り次ぎをするくらい姉さんがこの騒動に協力的なのは、ちょっと驚きましたね」

「自分一人で取材を受けるのが恥ずかしかったから、時雨を呼ぼうとしたんじゃないか」

恥ずかしがり屋な晴香ならありそうなことだ。

それは時雨も同感らしく「確かにそうかも」と頷(うなず)く。

だがそのあとにこう続けた。

「でもそれだけじゃなくって、姉さん、これをチャンスと思っているんじゃないですか」

「チャンス？　なんの？」

「芸能界入りのチャンスですよ。姉さんお芝居好きみたいですし」

げ、芸能界って……。この間もグラビアとか言ってたなこいつ。

「簡単に言うけど、そんなたかが一枚の写真がバズって入れるような簡単な世界じゃねえだろ。よくは知らないけどさぁ……」

「生き残るという意味ではそうですけど、入るキッカケには十分だと思いますよ。お母さん……今はもうおにーさんのお母さんでもあるわけですが、お母さんもカフェでバイトしてたときにスカウトされたらしいですし。それに比べたら姉さんの方が箔(はく)がついてると思いませんか。テレビデビューは済ませてるわけですしね。ローカル番組ですが」

それは、確かにそうなのかもしれないけど……けど。

「……この間本人だってプロとか無理だって言ってたじゃないか」

「状況が変わって考えも変わるかもしれませんよ？　それに確かに姉さんは恥ずかしがりですけど、それでも演劇なんて衆目を集めることをしてるのは、それだけ本気でお芝居が好き、ということでしょうし」

……時雨の言う通り、なんかここまで騒ぎが大きくなってしまうと、そういう話もありそうな気がしてくる。

だけど、なんだろう、その可能性を認めるのは、すごく嫌だった。

抽象的な言い方になるけど、晴香が遠い存在になってしまうような……そんな気がして。

「どーしますぅ、おにーさん。姉さんがアイドルデビューとかしちゃって、恋愛禁止だから別れてとか言われたら。そのうちスーツを着たこわーいオジサン達がこの家に来て、姉さんと別れろって迫(せま)ってきたりしてぇ。……今からでも私に乗り換えちゃいますか？　ほら、顔も一緒ですし」

「下らねえこと言ってんじゃねえよ……っ！」

そんな嫌な想像を掻き立てさせようとする時雨に、俺はつい本気で怒鳴ってしまった。

「もし、万が一晴香が芸能人になったとしても、俺とそんな風に別れたりするもんかっ。そんなの晴香が絶対承知しねえよバカっ！」

「もーこわーい。そんな怒鳴らないでくださいよ。冗談に決まってるじゃないですか。私の方が姉さんとは付き合い長いんですから。姉さんがそんなことする人じゃないのは知ってますよ」

ほんのちょっとふざけただけなのにーと、不満げに頬を膨らませる時雨。

思ってもいないことを言って煽ったこいつも悪いが、俺も我ながら余裕のない反応だった。

晴香が俺に向けてくれた全幅の信頼を思い出せ。

晴香が俺を置いて遠くに行ってしまうなんてこと、絶対にない。

キス以上のことが何もできなくても、あの笑顔が俺に向けられている限り、俺は晴香を信じる。信じると、そう決めたはずだ。だから、こんな荒唐無稽な不安、今日デートすれば綺麗さっぱりなくなるに決まってる。

俺がそう自分に言い聞かせていると、テーブルの上に置いていたスマホが鳴った。

電話の着信を知らせるアラーム。表示されている相手の名前は……、

「晴香からだ」

「テレビの音、小さくしますねー」


時雨に礼を言ってから俺はスマホを手に取る。

今日の待ち合わせ場所の確認とかだろうか。

そんなことを考えながら俺は通話ボタンを押した。


「もしもし。どうした？」

『あ、博道くん。まだ家にいる？』

「待ち合わせは夕方だからな。それが？」

『……実は今博道くんの家の近くに来てるの』


え？

「えええええっっ⁉ ち、近くに来てるぅぅっ⁉」

予想もしていなかった一言に俺は悲鳴に近い声をあげてしまう。

それを聞いた時雨も目を丸くして驚いていた。

「な、なんで⁉ え⁉ 待ち合わせって、駅に五時だったよな⁉」

『うん。そうなんだけど、ちょっと今すぐに博道くんに話したい大切なことがあって。ただ電話で言うのもなんか違うと思うから……。だから、今から家に行ってもいい？』

いいわけがない！

まったくもっていいわけがない！

だってこの家には時雨がいるんだから。

そして前回の訪問のときのように事前準備もできてない。

今から時雨の私物を隠すのなんて絶対間に合わない。

俺は悲鳴になりそうな声を必死で抑えて、晴香に返す。

「い、いや！ 待ってくれ！ 今は、ちょっとよくない！ 散らかっててとても彼女をあげられるような状態じゃないんだマジで！」

『あはは。時雨が前に言っていた通りなんだね。あたしが前におじゃましたときは特別綺麗だったんだ。だけどあたしは全然気にしないよ？　部室の方が絶対汚いし』

「いや気にするって！　ていうか俺が気にするから！　今、その、どこまで来てるんだ⁉　もう家の前だったりするのか⁉」

『ううん。今駅に着いたところ』

よ、よし！　それなら――

「じゃあそこで待っててくれ！　俺がそっちに行くから！」

『え、そんな悪いよ。あたしが突然来たのに』

「いいって！　あー、そうだ！　昼ご飯、昼ご飯食べに駅そばのサイゼに行くつもりだったんだよ、今から！　だからそこで待っててくれ！」

『……うん。わかった。……ごめんね。呼びつけるみたいになっちゃって』

「気にしなくていいから、先入って待っててくれっ。そこから動くなよっ！」

重ねて動くなと言うと、俺は電話を切った。

「悪い時雨……！　晴香が駅に来てるって……！」

「はいはい。夕方まで待てなかったんですかね。お熱いことで。この食べかけの片付けはあたしがやっておくので、行っていいですよ」

「すまん！　恩に着る！」

俺はすべてを察してくれた時雨に拝み手で感謝して、急いで家を飛び出した。

走っている間にあれだけ色々考えてセットした髪はぐちゃぐちゃになってしまった。

×　×　×

サイゼに入ると、晴香は入り口から見える席に座っていた。

俺の姿を見るなり、パタパタと手を振る。

「博道くんー。こっちー」

「ごめん待たせた」

「ううん。あたしが勝手に来ちゃっただけだから」

そう申し訳なさそうに言う晴香の表情は、半分がマスクで隠されている。

「晴香……もしかして風邪ひいたの？」

「あ。これは風邪じゃなくて……。ほら、この間ちょっとテレビに映ることがあったじゃない？　あれからすこし人の視線が気になっちゃって」

俺はほっと胸をなでおろす。

ずっと楽しみにしていた、たぶんこの夏最後の想い出になるデートが風邪で中止なんて、冗談じゃないからな。

「まあ同じ学校の子くらいにしか気づかれないんだけどね」

「すっかり芸能人みたいだなー」

「もーからかわないでよー」

そう言いながらも晴香が満更でもなさそうに見えるのは、時雨があんなことを言ったからだろうか。

……いや、やめろやめろ。せっかく晴香といられるのだから、不安になるような話はしたくない。件のバズり騒動に触れるのはもうナシだ。


「でもびっくりしたぞ。いきなり家の近くに来てるなんて言われた時はさぁ」

「ホントにごめんね。挙句呼びつけちゃって」

「いいっていいって。もう注文は済ませた？」


まだ注文していない、なんでもいいという晴香の返事を受け、俺は二人で分けられるポテトフライとドリンクバーを注文する。

それから話題を不安になるような話から今日という素晴らしい日のものに変えるべく、晴香に水を向けた。


「花火大会楽しみだなぁ。あそこの花火大会は屋台もたくさん出るらしいぞ。色々食べ歩きたいから昼飯は控えめにしておかないとな。晴香はなんの屋台が好きだ？」

「え、えっと……あたしはりんご飴が好きかな……」

「祭りっぽくていいよな。俺は断然イカ焼きが好きだ。あんな丸ままのイカ、お祭り以外だとなかなか見ないからなぁ。でも食べ物ばかりじゃなくて射的とかもやりたいよな。晴香、射的やったことあるか？　俺、実は一度もないんだよ」

「……………」

……あれ？　なんだか晴香の反応が良くない。黙ってしまった。

どうしたんだろうと表情を窺うと、何やら居心地が悪そうな顔をしている。

もしかしてホントに具合でも悪いのか。。

……でも俺がどうしたんだと聞く前に晴香は意を決したように顔をあげて、

「博道くん。ごめんっ」

また俺に謝ってきた。

突然訪ねてきて呼び出したこと、そんなに気にしてるのか？

「別に怒ってないって言ってるじゃんか。むしろ夕方からの予定だったのが繰り上がって、もっと長く一緒にいられるんだから。ラッキーって感じだよ」

「そうじゃないの」

「うん？」

「今日来たのは……、今夜のデートをね、別の日にしてほしいって相談したかったからなの」

え……。

「な、なんで？　どうして急に……」

「……昨日部長がね、あの写真の騒動で部長の映画を作ってるプロデューサーさんが私に興味を持ってくれたみたいで、今度打ち合わせするとき一緒に来ないかって誘ってくれたの。それが今晩で……」

「ぷ、ぷろでゅーさー……？」

「ああ、プロデューサーっていうのは映画とかドラマを制作する現場を作る人のことで、部長も俳優の世界に興味があるなら、逢っておいた方がいいって言ってくれたの。だから……あたし、今日はそっちに行きたいんだ」

そっちに行きたいって……。

いやいや、じゃあ、俺とのデートはどうなるんだ。

あ、だから……リスケしたいって言ってるのか。

でもそんな……こんな土壇場で……、

「は、晴香、言ってたじゃないか。プロなんて考えてないって。下手の横好きだって」
「……うん。言った。そう思ってた。だけどね、憧(あこが)れていたのも本当なの。……前話したと思うけど、あたしのママって俳優で、あたしが小さい頃はドラマとかにも出てて。脇役(わきやく)だったし、売れはしなかったんだけど、テレビの中のママとってもカッコよくて、綺麗だった」

それは……確か付き合いはじめのころに聞いた。

「あのキラキラしていたママに憧れて、近づきたくて、あたしは演劇を始めたの。それでいっぱい練習して……部長に目をかけてもらえるようになって、文化祭の主役に選んでもらえて、今度は映画のプロデューサーさんが逢いたいって言ってくれてる。夢みたいでしょ！」

晴香の口調は次第に熱がこもってくる。
それに比例して、表情も先ほどの申し訳なさそうな顔から、いつも必死に部活に打ち込んでいるときの……そう、ちょうど騒ぎになっている写真のような真剣なものに変わっていく。
「あたし今、きっと一生分の運を使ってると思う。だからこそ今自分にできることは全部しておきたいの。じゃないとあたし、きっとすごく後悔する。ずっとずっと後悔し続けることになると思う。

　デートは別の日でもできるけど、大人は忙しいから、この機会を逃したらただの部長の後輩でしかないあたしなんかにはもう会ってくれないかもしれない。だから……本当に急でごめんなんだけど、今晩のデートはリスケさせて。お願いっ」


　ぱん、と晴香は手のひらを合わせて俺に頭を下げる。

　……晴香の気持ちはよくわかった。

　確かに、俺もあの写真を見せられたとき、こんな騒動になるなんて予想もしていなかった。

　その渦中（かちゅう）にいる本人にとってはもっと大きな驚きだっただろう。

　突然降って湧（わ）いた、あこがれの世界に近づけるチャンス。

　こんな信じられないほどのチャンスもう一生ないかもしれない。

　それを機会に頑張れるだけ頑張りたい。それは当然の考えだ。


　そして俺は、普段晴香がどれだけ真剣に部活に励（はげ）んでるか知っている。

　この夏休みという普通の高校二年生なら、恋に遊びに明け暮れる時間を晴香は殆（ほとん）ど部活に捧（ささ）げていた。

俺とのデートも、食事の後は二人で宿題をしているのが殆どだった。

そんな子供の頃のあこがれを胸に頑張る晴香の姿を、多くの人達が目にとめ、興味を持ち始めている。

晴香の頑張りが今実ろうとしている。

それは、とても喜ばしいことだ。

確かに楽しみにしていたデートがドタキャンになるのは辛いけど、そんなの俺が我慢すれば済む話だ。俺一人が。

そもそも晴香の言う通り、デートなんて別の日でもできるわけだしな。

今日という日は晴香にとって大切な日なんだ。彼氏として彼女の頑張りを後押ししてやらなくてどうする。俺の答えは決まっていた。


「嫌だ」

決まっていたはずなのに、俺の口から出てきたのは真逆の言葉だった。

×　×　×

「え……」

俺の拒絶に晴香が驚きに目を丸くする。

一方、俺自身も自分の言葉に驚く。

何を言ってるんだ俺は。バカかよ。今すぐ言い直せ。

「嫌だ。だって俺の方が先に約束してたじゃんか」

だけど、理性で考えた言葉は声にならない。

ただただ子供じみた感情だけが先走る。

「俺、晴香と二人で花火大会に行くのずっと楽しみにしてたんだ。確かにデートは別の日でもできるかもしれないけど、花火は今日だけだろ。……そっちの打ち合わせの方をずらしてくれよ」

馬鹿野郎。やめろ。何わがまま言ってんだ。
晴香の気持ちを考えない身勝手な主張に、ものすごい自己嫌悪が襲ってくる。
だけど俺は止まれなかった。
こんなことを言ったら晴香を困らせるってわかっているのに。

「そうなんだ……。そんなに楽しみにしてくれてたんだ。……うん、あたしも楽しみにしてた……。でも……」

俺の拒絶に晴香はとても困った表情を見せた。
俺の身勝手が晴香を困らせている。
その事実にズキリと胸が痛む。

ほらみろ言わんこっちゃない。
全部お前のせいだぞ博道。なんて狭量(きょうりょう)な彼氏なんだ。
彼女の頑張りたいという気持ちを応援することもできないなんて。最低じゃないか。
早く、今すぐに訂正しろ。

……だけど、いくらそう自分を責めても、俺は訂正の言葉を声にできなかった。

悩む晴香の姿をじっと見つめる。

晴香が「そのとおりだよね。デートの方が大事だよね」といつもの明るい声で言ってくれるのを期待して。

でも、

「あ、そうだ！　ならこうするのはどうかな？　明日、一緒にデズニーランドにいこうよっ」

「え、それって……東京の？」

「うん。朝から早起きして、電車で行って閉園まで遊ぶのっ。ほらあそこ毎晩花火やってるから、あそこなら花火も一緒に見れるよっ」


違う。


「い、いや……いきなりそんな……、旅費もかかるし」

「大丈夫！　今日のお詫びもかねて、明日の交通費はあたしが持つから。この間取材に答えたときお金貰ったからそのくらい全然出せるよ。明日も部活はあるんだけど……こっちは部長に休ませてもらう。そしたら今日みたいに夜の間だけじゃなくって、丸一日デートできるしっ。ね？」


違うんだ。そうじゃないんだよ晴香。

……俺はホントは、花火なんてどうだっていいんだよ。そんなもん全然興味ないんだ。

デートだって、別に今日でも明日でも、そんなのはどっちだっていいんだ。


ただ……ただ、さ、お前に俺を、……選んでほしかったんだ。


最近晴香が遠くに行ってしまったような気がして寂しいから。

このまま本当に遠い存在になってしまいそうで不安だから。

……そんな気持ちをぶちまけたら、晴香は思い直してくれるだろうか。

今まで積み上げてきたものも、目の前に転がり込んできた人生を変えるチャンスも、全部棒に振って俺を選んでくれるだろうか。


……わからない。俺はそこまで、晴香を信じられない。

もし、もしだ。

そこまでぶちまけて……それでも俺を選んでもらえなかったら——

「そう、だな。……じゃあいくか！　デズニーデート！」

「うん！　えへへーすっごい楽しみ。好きな人とデズニーいくの、あたし夢だったの。夏休みの最後にとっても素敵なデートになりそうっ」

「俺も子供の頃に一回行ったきりだから楽しみだ。彼女がいないとそうそう行ける場所じゃないからなぁ」


どこまでも臆病（おくびょう）な小心者だ。俺は。

自分の気持ちをぶちまけて晴香を困らせたくせに、半端（はんぱ）なところでブレーキを踏む。

なんて非合理的なんだろう。

そこで引くくらいなら初めからリスケをニコニコ承諾しとけばよかったんだ。

なんでこんなに……自分の気持ち一つ、ままならないんだ。

一方俺の賛成を聞いた晴香は申し訳なさそうな表情を一変、嬉（うれ）しそうに微笑（ほほえ）む。


「はぁ……。でもよかったぁ……。博道くんが理解してくれて。最初今日部長に誘われた時、部長も急なことだし用事が他にあるならそっちを優先してくれて構わないって言ってくれたから、あたしも断ろうと思ったの。でも……博道くんなら、あたしの夢、応援してくれるって信じれたから」

「…………まあ、晴香が部活頑張ってたの、俺知ってるからな」

「えへへ。ありがとー。理解ある彼氏がいてあたしは幸せ者だねー」


……そうか。俺は……許してるように見えるのか。

そんなに上手に笑えているか。驚きだな。

時雨には……すぐ考えてることが顔に出るって、笑われてるんだけどな。

お前には俺が、楽しみにしていたデートを当日すっぽかされてへらへら笑ってられる男に見えるのか。


『姉さんが見ているのは昔の、小学生の頃のおにーさんだからですよ。まだ男も女も何もない、純真無垢(むく)で感情に垣根(かきね)がなかった頃のおにーさんにあの人は恋をし続けているんです。だからあの人には……おにーさんが姉さんを許すとき、どれだけの努力を必要としているかがわからない。それが当たり前だと思っているから、その尊さに気づけない』

この間の時雨の言葉を否応(いやおう)なく思い出してしまう。

そんなはずないと一蹴(いっしゅう)した言葉が、ずんと重くのしかかる。

近くにいるはずの晴香が、とても遠い存在に感じた。

なあ、晴香。

お前の目に、今ここに居る俺はちゃんと映っているのか？

……でもそれは、もしかしたらお互い様なのかもしれない。

俺達は高校で再会してから、すぐに晴香の告白で付き合いだした。

小学生の頃から変わってしまった互いを見せ合うこともなく。

もしかしたら俺達は……、自分にとって都合のいい夢を見ているだけなのかもしれない。

ただただ二人、別々の、とても離れた場所で。

×　×　×

会計を済ませた後、晴香は準備をしないといけないから帰ると言った。

引き留めようとする気力なんて俺には残っていなかった。

俺達はすぐに解散して、俺は自宅にとんぼ返りする。

「えっ⁉　おにーさん⁉」

「おう。ただいま」

「いやただいまじゃないですよ。なんで帰ってきてるんですか？　てっきりそのまま夜までデートしてくるものとばかり」

「ああ、それなー」


さてどう説明しようか。

誤魔化すようなことじゃないんだが、俺が今落ち込んでることは隠したい。

だって……正直恥ずかしい。

彼女が自分の夢や望みを投げ捨てて僕ちゃんを選んでくれなかったことが辛いです、なんて。

これが芸能人になりたいから別れましょう、とかだったらまあ落ち込むのも当然だ。

でもリスケはたった一日だ。

晴香の方だって最大限の配慮をしてくれてるんだ。わかってる。

なのに俺は、俺って奴は、晴香のすべてを欲しがっている。

それをくれなかったことに、もしかしたら憤懣すら感じてる。

……もうほんと、我ながら情けない。女々しい。器が小さい。こんなの他人に知られたら死にたくなる。

だから俺は無理して明るい口調で言った。

「なんかさー、演劇部の部長といっしょに映画作ってる人に逢うらしくて、それが今晩らしくてさー、リスケした」

「……はい？」

「例のバズり騒動で興味を持ったんだと。びっくりするよな。いろんなことがトントン拍子でさ。……案外時雨が言ったみたいに、ホントにデビューしちゃうかもな。晴香」

「では、姉さんはその人に逢いに行くためにドタキャンしたということですか」

「ドタキャンっていうか、リスケだよ。それもたった一日だ。明日、二人でデズニーにいくことになったから。開園から閉園までぶっ通しだぜ。近所で花火見るよりずっと面白そうだ」

俺は強がって自分が女々しい嫉妬で落ち込んでいることを隠す。

するとsh雨は、

「ふぅん。……姉さん、そういうことするんだ」

「え？」

俯(うつむ)き、何かをボソッと呟(つぶや)いた。

でもその声は小さすぎたし、表情も前髪に隠れて見えなかった。

今なんて言ったんだろう。

尋ねようとするも、すぐにぱっと顔をあげた時雨の意地の悪い笑顔に、俺は言葉を飲み込んでしまう。

……嫌な予感。コイツがこういうふうに笑うとき、基本ろくでもないことが起きる。

「じゃあおにーさんは今日フリーになったということですよね？　姉さんとのデートの日に他の予定を入れるなんてこと、おにーさんがするはずないですもんねー？」


急にハイテンションになった時雨に俺は身構える。


「あ、ああ……それがなんだよ」

「だったら私と一緒に花火大会行きましょうよ」


なるほどそうくるか。でも、それは嫌だ。

「……いかねえ。なんで彼女と行かないのにお前といかないといけないんだ」

「それは私がおにーさんの可愛い可愛い妹だからです。大好きなおにーちゃんと一緒に花火が見たい。そんな妹のお願い、聞いてくれますよね？」

おねがーいと上目遣いにおねだりしてくる時雨。

だけど俺は絶対に嫌だった。

だって……晴香と行けなかった祭りに時雨と行けば、絶対嫌な気分になる。

隣にいる晴香そっくりな時雨の姿を見て、絶対、俺は晴香のことを考えて落ち込むことになる。

どうしてここにいるのが晴香じゃないんだろうと。

晴香に対しても嫌な気持ちを募らせ、時雨に対しても失礼なことを思って、俺は俺という人間がこれでもかと嫌になるだろう。

それがもうわかり切ってる。

そんな気持ちになるイベントに行きたいわけがない。

「ダメだ。考えてもみろ。あの花火大会は星雲学生の生活圏だぞ。それも夏のクライマックスを飾る日程だから絶対学校の奴らも来てる。俺達が兄妹になったことは先生くらいにしか話してないんだから一緒にいるところ見られたら面倒だろ。そんなリスクを負えるかよ」

普段、出歩いてるときに同級生に逢うぶんには偶然そこで逢ったと言えばいいが、花火大会で二人いっしょにとなると話は別だ。しかも晴香との約束がふいになった後ともなると、万が一晴香の耳に入ったら言い訳が大変だ。

俺はもっともらしい理由をつけて反対する。これに時雨はなるほどと理解を示して、

「んーそれは確かにあるかもしれませんねぇ」
「だろ？　だから――」
「でも拒否すれば私が今すぐに姉さんに私達の関係をバラしますよ？」

ふぁっ⁉

「おにーさんはたまーに身の程を弁(わきま)えませんよね。私はおにーさんの大きな弱みを握っているんです。私がその気になったらおにーさんと姉さんの関係なんて簡単に壊せちゃうんですよ。おにーさんに選択の自由なんて初めからないんです。今日はそのへん嫌というほど思い知らせ

てあげるので、観念して準備してください。おにーさん♪」

ニヤニヤと意地悪く笑う時雨に、……俺は諦めるしかなかった。

結局俺の生殺与奪（せいさつよだつ）の権はすべてこの小悪魔に握られているのだ。

こうして俺はカノジョと行くはずだった花火大会に、カノジョの妹と行くことになった。

EX1 信頼という残酷

博道くんと別れたあと、あたしは家に戻って大急ぎで身支度を整えはじめる。

部長との待ち合わせにはまだ結構余裕があるけど、万が一にも遅刻するわけにはいかない。余裕をもって動かないと。


さて、どういう服装で臨むべきだろう。

相手は映像業界の人達だ。ママが芸能人だったから、子供の頃何度もそういう人達のパーティにお呼ばれしたことはあるが、皆華やかだった。

あたしも、その世界を目指したいと思うなら恥ずかしがらず派手な服を着ていくべきかもしれない。地味すぎると……せっかく興味を持ってもらったのに失望されるかも。


……だけど、向こうからのお誘いとはいえ、あたしはあくまで部長のオマケだ。

今日の集まりの目的は賞を取った部長の小説、その映画についての話し合い。あたしはそのついでに呼ばれたに過ぎない。

そこを忘れて浮かれたような服装をしていくのは、逆に良くない印象を与える気がする。

あたしは色々悩んだけど、最終的には制服で行くことにした。

制服は学生にとって礼服だから、少なくともマナー違反にはならないだろうし。


あたしは制服に着替えて、軽く化粧をして、家を出る。

そして集合時間の一時間前から待ち合わせ場所である駅のホームで部長の到着を待つ。

流れる人混みに目を凝らし、彼女の姿を見逃さないようにすること数十分。

藍色のお洒落(しゃれ)なワンピースを着た、涙袋が目を引くすこし影のある美人が改札を通ってくる。

お目当ての人物だ。


「部長！　こっちです！」

「おー、ごめん。待たせたかなー。……ってあはは。制服かぁ。やる気満々だねー」

「ヘン、ですか？」

「いやいやすごくいいよ。『売り』になる」

「売り？」

「セールスポイントってこと。他にブレザーなんて着てきてる人いないからね、絶対。印象に残ると思うよー」

そういうことか……。

よかった。失敗したわけじゃなくて。

「今日は誘ってくれてありがとうございます。部長」

「いやいや、私は仲介をしただけだしね。むしろ私自身はそんなに乗り気じゃなかったし」

「そ、そうなんですか？」

「だって晴香ちゃんは私が見つけた原石だもの。他人が今更その価値に気付いて手を出そうとしてきたらいい気分じゃないでしょ」

部長にそう言ってもらうのは、とても嬉しい。

というのもこの人は……結構怖い人だからだ。

自分の感性に忠実というか、取り繕わないというか。

実際、最近でこそ目をかけてくれているけど、一年の頃は目を合わせてもくれなかった。

きっとそこには悪気なんかなくて、単純に部長には一年の頃のあたしが見えていなかったのだと思う。

だからそういう怖い人に認めてもらえているというのは、素直にあたしの自信になった。

「実際さー、業界からのスカウトは私のアカウントにいっぱいきてるんだよー」

「それは……初耳です」

「話すほどの価値もないしょーもないのが殆どだったからね。そういうのは全部こっちで止めてるよ。聞いたこともないアイドル事務所のスカウトから、絶対AVの囲いでしょとしか思えないような話とかもあったしねー」

「え、えーぶい？」

「私自身は一回経験したいなーって好奇心もあるけど後輩にはとても勧められんよねぇー」

「あのー、えーぶい？　ってなんですか？」

聞き覚えのない言葉の意味を尋ねると、部長はカッと目を見開いてあたしの顔をまじまじと見つめてきた。

「は、晴香ちゃん、AV知らないの⁉」

「は、はい。ごめんなさい。何かの略ですか？」

「んんんんぅぅぅ〜〜〜〜‼‼」

「ぶ、部長⁉　どうしたんですか⁉　体調が悪いんですか⁉」

突然身を捩ってうめき声をあげる部長。

あたしは驚きながらも介抱しようと手を伸ばしたが、

「まって！　今私の中で染み一つない純白を大切にしたいという気持ちと、汚泥をぶちまけてやりたいという破壊衝動が鬩ぎあってるからっ！」

「はい？」

部長はよくわからないことを言いながらあたしを手で制して、幾度か深呼吸する。

「ふー落ち着いた……」

落ち着いたらしい。一体どうしたというのだろう。

「まあ……AVに関してはカレシ君にでも聞くといいよー」

「博道くんも知ってるんですね」

「なんなら持ってるかも」

「そうなんですか。じゃあ明日のデートで聞いてみます！」

てっきり業界用語的な何かだと思ったけど、博道くんも知っているような一般常識だったらしい。

自分の無学が少し恥ずかしくなった。

「まあ……話をちょっと戻すけど、そんな感じのろくでもない話や、相手が不確かな話は全部無視してたんだけどさー、今回は私の映画を作ってくれてる人達のお願いだったし、あのPなら晴香ちゃんを原石のまま使い潰すようなこともしないだろうって思えたからねー。俳優の世界に興味があるなら、顔合わせくらいしておいて損はないと思ったから誘ったわけ。晴香ちゃんがここまで乗り気だったのは少し驚いたけどねー」

「……そうですね。今、あたし欲張ってるかもしれません」

演劇は下手の横好き。それ以上のものじゃない。ずっとそう思っていた。

でも今、いくつもの信じられないような偶然に押し上げられて、テレビの取材まで受けて、映画を作っている人に逢いたいとまで言ってもらったとき、あたしは気づいたんだ。

下手の横好きなんて言うのは、挑戦を避け自分を守るための予防線。本音は、演劇を自分にとって下手の横好き以上のものにしたいと思っていたんだって。

昔テレビの前で憧れていた、ママみたいに。

だから、自分にできることは出来る限りやってみようと思ったんだ。

「自分でも……ちょっと上手く撮れた写真がバズったからって調子に乗りすぎだとは思うんですけど」

「いやいやそれは違うぞー。チャンスが転がってくるのは運だけど、それを掴むために手を伸ばすのは勇気だ。晴香ちゃんは勇気を出した。その自分を恥ずかしがることはないよ」

「部長……」

「とはいえ、まだ写真一枚が騒ぎになっただけなのも事実。勇気を出して掴んだチャンスを自分のものにするのは実力っていう握力さ。まあやるだけやってみるといいよー。別にコワイ人でもないからねー」

「はいっ。頑張りますっ」

そのとき、あたし達が乗る予定の電車の到着を告げるアナウンスが流れ始めた。

それを聞いて部長は「よっこいしょ」とベンチから腰を上げる。

だがやってきた電車の混雑具合に顔を顰(しか)めた。

「うひゃぁ……。駅のホームもだけど、電車もめっちゃ人いるねー。浴衣着てる人も多いし、今日って何かお祭りでもあんのかなー？」

「ああ、今日は鶴美川(つるみがわ)の花火大会の日なんですよ」

「へー。そんなんあったんだ」

「部長は行ったことありませんか？　規模はそんなに大きくないけど、いろんな屋台が出て毎年賑(にぎ)わってるんですよ」

「私人混み苦手だからさぁー。でもよかったの？　そんなイベントがあるならこんな話断ってカレシ君と楽しんでくればよかったのにー」

「ああ……。一応、その予定ではあったんですけど……」

あたしはドタキャンの罪悪感に一瞬言(い)い淀(よど)む。

「ん？　んん？　もしかして……カレシ君と予定あったの？」

「はい。でも大丈夫です。昼間に話して、ちゃんとリスケしてもらってきたんで」

「えぇ……でも……。……まじ、つかぁ……」

途端に部長は手で口元を押さえて困り顔になる。

「部長？　どうしたんですか？」

「いやぁ、まぁ、こりゃ晴香ちゃんをたぶらかした私は、学校はじまったら速攻カレシ君とこ行って全裸土下座しないとなって思っただけ」

「だ、大丈夫ですよ！　あたしがこっちを優先したかったから、こっちを選んだだけですし。博道くんも、ちゃんと話したらあたしのこと応援するって言ってくれたんで！」

そう。博道くんはちゃんとあたしのことわかってくれた。

二人の間でちゃんと話し合いが終わっているんだから、部長が謝るようなことじゃない。

だけど部長はそんな私を……どこか悲しそうな目で見て言った。

「んー……こんなの部外者の私が言うことじゃないから、これっきりにするけどね。その『応援』にどれだけの我慢があったのか。それを晴香ちゃんが理解できてないようなら、君達もうそんな長いことないよ」

「え……？」

それは、どういう意味なのだろう。

長くない。……あたし達の関係が長続きしないということだろうか。


なんで？


あたし達はちゃんと話し合って、博道くんは納得してくれた。

デートだって一日後ろにずれるだけだ。


たっ、た、それ、だけ、だ。


部長はなにを大げさなことを言っているんだろう。

やっぱり物語を書く人は、こんな些細(ささい)な事や何でもないことからも想像を膨らませるものなのかもしれない。

とはいえ、その想像はあの優しい博道くんが貶(おとし)められているようで、少し不愉快だった。

博道くんがそんな程度のことで怒るわけないのに。

「電車来たね。じゃあいくよー」

でもあたしが反論を返す前に、部長は歩き出してしまった。
それっきり部長はさっきの妄想を口にすることはなかった。

カノジョの妹とキスをした

I kissed My Girlfriend's Little Sister

第三十一話　もやもや×サマーフェスタ

結局、時雨に強引に連れ出されて、花火大会に来てしまった。

会場になっている河川敷には、日が落ち切る前からすでにたくさんの屋台が立ち並び、人も大勢集まっている。

小さな子供。家族連れ。同年代の仲良しグループ。そして……カップルと思わしき男女。

誰もが楽しそうな顔をしている。

それを見て……俺は一層陰鬱な気分になった。

本当なら今日、俺もここで晴香とあんな風に――

「うおっ⁉」

突然時雨に腕を引かれ、俺はスッ転びそうになった。

「なにすんだよっ」

「何、人通りのど真ん中で突っ立ってるんですか。さあ早く屋台に行きましょう」

「わかったっ。わかったからひっぱんなっ」

なんだか今日の時雨はいつもより押しが強い。

そんなにお祭りが好きなのか？


「わぁ、この景色懐かしいなぁ。昔からこの花火大会は屋台が多いですよねー」

「まあ時期的に最後の稼ぎ時なんじゃないか。店を出す人にとっても」

「なるほどー。在庫処分ですね。……あっ！　おにーさんあれ！」

時雨は立ち並ぶ屋台のうちの一つを指さす。

赤い天幕に黒字でデカデカとりんご飴と書かれていた。

「りんご飴！　りんご飴がありますよ！」

「そりゃ定番だからあるだろうよ、りんご飴くらい。子供か」

「ノリが悪いですねー。老人ですか。私、りんご飴好きなんです。買いに行きましょう」

りんご飴ねえ。俺はあんまり好きじゃないんだよな。食べにくいから。

あ……そういえば晴香もりんご飴が好きって昼言ってたっけ。

今頃……、何してるんだろう。

映画作りのお偉いさんと飯でも食べてるんだろか。

もしそこで気に入られたら……ホントに映画デビューとかしちゃうんだろうか。

ほんの二週間ちょっとでどうしてこんなことに……。

と、俺が考え込んでいると、時雨がまた乱暴に俺の腕を引いてきた。


「うおっ！」

「ほら行きますよ！」

「いいよ俺はいらねえから。一人で行って来いよ」

「そういうわけには行きません。おにーさんがいないと買えないじゃないですか」

「は？　なんで」

「だって私、今日お財布持ってきてないですし」

「はあぁぁっ⁉」


意味が分からない。

コイツ自分で行こうって言いだしたくせに、なんで財布忘れてるんだよ。

「おにーさんが姉さんとのデートのためにたんまりお財布に蓄えてるのは知ってますからね。今日はソレ全部使って遊びつくしますよー」

忘れてるんじゃなく確信犯かよっ。

俺はニヤァと意地悪く笑う時雨の腕を振り払う。

「ふざけんなっ！　なんで俺がお前に奢らないといけないんだ！」

「いいじゃないですか。どうせドタキャンされたデートの資金なわけですし」

「ドタキャンじゃねえし！　リスケだし！　明日デズニー行くってさっき話したろ！　金だって当然そっちで使うわっ。金持ってないなら帰るぞ！」

なんで来たくもない祭りに連れてこられた上に金まで毟られないといけないんだ。

付き合ってられるか。

俺は踵を返す、が――

「おじさーん。これ二つくださいー」

時雨の奴は金もないくせに屋台でりんご飴を頼んでいた。

おいおい嘘だろ。

「お代はあそこにいる私のカレが払います」

「おにーさん。二本で四百円ね」

うぉぉおぉおぉぉ……。マジかこの女。

こんな当たり前のように他人の金を無心するやつ初めて見たぞ。

いっそ無視してやりたいが、腕を引かれて店の前まで連れてこられたから、他人のふりをするのも難しい。

俺は渋々財布を取り出した。

「はは。ちゃっかりした彼女だね」

「いやカノジョとかじゃないんで。妹なんで」

「んー。冷たくてあまーい。ハイおにーさんにもプレゼントです」

「俺の金なんだがっ！」

何がプレゼントだ。

ひったくるようにりんご飴を奪う。

「もう買ったものはしゃーないけど、これだけだからな。金ないなら花火はじまるまでそのへんで時間潰すぞ」

「あ、おにーさん見てください。射的がありますよっ。私、射的やったことないからやってみたいですっ」

「聞けよ！」

「私ちょっと遊んできますね」

「俺は払わないぞっ」

「おじさん。一皿ください。お代はカレが払います」

だからさぁぁぁ！

なに？　ホントになんなの今日の時雨。

普段の倍ぐらい強引で厚かましい時雨の行動に、俺は面食らってしまう。

人の金を無心してくるようなタイプだったかコイツ？

正直記憶にない。誕生日にプレゼントをねだってきたことくらいだ。

なのに、今日はどうしたというのだろう。


……まあどういうつもりかは知らないが、これ以上は絶対払わんからな。

俺は他人のふりをして『カレ』を探す店主の視線から逃れる。

今回は時雨が一人で屋台に向かったので、関係者だとバレることはないだろう。


「嬢ちゃん？　カレシってのは誰だい？」

「ああ少し待ってください。今写真を見せますから。ほら見てください、私のカレの寝顔。可愛い（かわい）でしょう？　あ、手が滑って写真が姉さん行きのメールに添付されてしまいました。どうしましょう」


あぁぁぁ!?

そこまでか！　そこまでするのか！

生殺与奪（せいさつよだつ）の権をチラつかせて脅迫する時雨に、俺は屈する以外道はない。

くそ、あのとき突き飛ばせなかったことがいよいよ悔やまれるぞ。

「はい。一皿三百円」

しかも高い！
コルク弾五発で三百円もするのかよ！
俺は渋々店主に代金を渡して、射的用の銃を手に取る時雨を睨みつけた。

「……お前がこんなに金にだらしない女だとは知らなかったわ」
「まさかまさか。自分のお金で無駄遣いなんてしませんよ」

なお悪いわ。
誕生日のプレゼントのグレード下げてやろうかな……。

「さーて、ふっふっふ、どいつの眉間に風穴をあけてやろうか」

俺のもやもやも知らないで時雨はご機嫌に獲物を物色する。
そして、景品棚にちょこんと鎮座するソフトボールより一回りほど大きいぬいぐるみを見て嬉しそうな声をあげた。

「あっ、この子可愛いっ。見てください。あのピンクの卵みたいな形の子っ」

「……なんか独特なデザインだな。なんの生き物だあれ」

クマのような、ウサギのような……。しかも身体の色はピンク。頭には工事現場のヘルメットのようなものを被っている。

何かのキャラクター、なのだろうか。

時雨が言う通り不思議な愛嬌がある。

だけど、……コルク栓でぬいぐるみなんて落とせるのか？

「こういうのって安い景品しか落とせないようになってるって聞いたことあるぞ」

「ふふ。おにーさんは疑り深いですね。楽しい花火大会で、しかも子供を相手にすることの多い商売で、良い大人がそこまで露骨なインチキはしないでしょう」

自信満々に言うと時雨は景品棚にこれ以上近づけないよう設置された長机の前に立ち（景品棚までの距離は大体三、四メートルかな）、銃を構え狙いを定める。

そして、引き金を引いた。

いかつい見た目の銃から、可愛らしい音でコルクの栓が発射される。

しかし、そこはライフリングもされていない上に重さもないコルク栓。

真っすぐ飛ばない。
一、二発目は景品のぬいぐるみにかすりもせず、景品棚を素通り。三、四発目は人形に当たりはしたが、人形は微動（びどう）だにせずコルクの方が弾かれて、勝負の五発目は――、一つ隣に置かれていた『酢昆布（すこんぶ）』の赤くて小さい箱に当たって、撃ち落した。
「はい大当たり。いやぁこんな小さい的に当てるなんて、嬢ちゃんはスナイパーだね」

「おにーさん。射的って……人生に似てますね」

「その心は」

「いらないものは増えていくのに、欲しいものには手が届かない」

「だからやめとけって言ったのに。こういうのは安い景品しか落とせないようになってんだよ」

だがそんな俺達のやり取りに店主のおっちゃんが声をあげた。

「おいおいお二人さん。人聞きの悪いこと言わないでくれよ。俺っちは親父の親父の代から射的の店やってんだぜ。インチキなんてしねーさ。ウチはもうバキバキ倒れまくりよ」

「えーホントですかぁ？　当たってても全然動かなかったんですけどー」

ちょ、時雨さんこんな服の襟の隙間から刺青が見えてるような人に馴れ馴れしい態度とるのやめてくれません？

俺がビクビクしていると、おっちゃんは大げさにため息をついた。

「嬢ちゃんの撃ち方がなってねえのさ。ちょっとどいてみ」

おっちゃんはコルク銃を手にパイプ椅子から立ち上がり、時雨の隣に立つ。そして銃を構える。ここまでは先ほどの時雨と一緒だ。

でも、ここからが違った。

おっちゃんは長机に片手をつくと、そこを支点にぐっと身を乗り出して、さらに銃を持つ方の腕を伸ばし、銃口を景品棚限界いっぱいまで近づけたのだ。

銃口から景品までの距離は、たぶん一メートルあるかないかほどだろう。

そこから狙いを定め、引き金を引いた。

「よっと」

「あっ！」

時雨のときとは比較にならない至近距離から撃ちだされたコルクは、時雨が狙ったぬいぐるみより一回り大きな電車のおもちゃの箱上部に命中。それを景品棚から撃ち落とした。

「な？　倒れるだろ？」

「ずるい！　そんな身体を乗り出して腕を伸ばすの、ありなんですか⁉」

「店主がやってるんだから間違いねえさ」

マジか。アリなのかアレ。

射的ってもっとカッコイイイメージだったけど、攻略法はずいぶんと現実的なんだな。

「もう一回やるかい？」

「いや、もういい――」

「やる‼」

「お兄ちゃん。三百円ね」

「…………………」


なんか、いい加減腹が立ってきた。

だってさっきから俺完全に財布じゃん。

どうやら時雨は本気で晴香のために用意したデート資金で遊びつくすつもりらしい。

まあ夏休みたくさんバイトをしたから、お金に困っているということはない。ここで時雨に奢るくらい、なんてことはないんだけど……金額以上に、時間とか機会とか、そういうものを無駄に失っている気持ちになってくる。

だから俺はおっちゃんに言った。


「二皿ください。俺もやるから」

「お。いいぞー。それでこそ彼氏だ。彼女と一緒に力を合わせて頑張んな」

「彼女じゃねーです」


俺は自分のぶんの弾を受け取る。

そうだ。どうせ奢られるなら見ているだけなんてバカらしい。俺も遊んでやる。

射的は俺だって一度やってみたかったんだ。
男はやっぱり銃とか剣とか見ると無意味にテンション上がっちゃうもんだからな。それがおもちゃだとわかっていても、

「……おもっ」

でもコルク銃を受け取った俺は、予想していなかった重量に面食らった。
てっきり樹脂製のチャチなおもちゃだと思ってたコルク銃は、グリップの所に本物の木が使われた本格的なモノだったからだ。

「あーん。狙ったところにちゃんと飛んでいきませんよこれー」

俺が銃をまじまじ観察している間に二射目を始めた時雨だったが、店主の真似(まね)をして身を乗り出して撃ったのに、今回は景品にかすりもしなかった。
弾は景品の周りに集まりはするが、微妙に外れてしまう。

「…………」

店主は腕を組みながら不敵な笑みを浮かべていた。

俺はちらりとパイプ椅子に戻った店主を見やる。

ふーん。なるほど。ちょっとわかったぞコレ。

……やっぱり、これ時雨はハメられたんだ。

身を乗り出し、限界いっぱい景品の近くから撃つ。

おっちゃんの見せた撃ち方、最初は理にかなった方法だと思っていたけど、銃がこうも重いと話は変わってくる。

こんな重い銃、伸ばし切った片腕で狙いを安定させられるわけがない。

おっちゃんの丸太みたいに太い腕じゃないと。

つまりあの攻略法は俺達には使えない。

使えない攻略法を見せて、もう一回分の料金をふんだくったわけだ。

大切なことは教えてくれない。なるほど確かに人生に似てる。

実際俺もおっちゃんのやり方を真似てみたが、銃の先がふらついてとても狙いはつけられなかった。五発のうちは四発は無駄に消費され、最後の一発は最初の時雨がやったように無理のない体勢から撃ち、ぬいぐるみに当てることには成功するが、威力が減衰しすぎていて弾かれてしまう。

攻略は振り出しだ。実に空しい。時間と金の浪費だ。
ここはそんなバカなことに興じてしまった自分を恥じて、さっさと帰るのが賢いのだろう。

だけど――、

上手く乗せられたとわかってしまうと、このまま負けて終わるのは癪だった。
是が非でも手ぶらでは帰りたくなくなってくる。

「はあ。二人ともダメでしたね。もう諦めますか」
「おっちゃん。追加で二皿」
「あれ。おにーさんってもしかしてギャンブルとかやらせたらダメなタイプですか？」

かもしれない。

だけど……俺だって何の考えもないわけじゃなかった。

俺は受け取った二皿のうち一皿を時雨に突き出す。

「お前もやるんだぞ」

「えー、いや私はもういいかなって……」

「大丈夫だ。勝算はある。たぶん」

「ほ、本当ですか？」


俺は頷く。


「あのおっちゃんの真似するからダメなんだ。俺達の筋力であんな撃ち方をして銃身が安定するわけがないからな」

「結構重いですしね、この銃」

「銃身がふらついてたらただでさえ真っすぐ飛ばないコルクが的に当たるわけがない。コイツを固定するのが何より大切なんだ。だから」

俺は長机から身を乗り出しながら、右手に持っていた銃を左手に持ち変える。

そのうえで左腕を伸ばすのではなく逆に畳んで脇を締め、銃を身体に引きつけた。

「こうして身体に近い位置で銃を持って、利き手はトリガーより前の部分を握るんだ。こうすればトリガーを引いたときのブレも抑え込めて、狙いは安定するはず……！」

そのはずだ。

俺は自分の考えを信じてトリガーを引く。

コルクは狙い通り、ぬいぐるみに直撃した。

だけど――

「あっ！　おしい！」

身を乗り出した体勢とはいえ、銃自体は身体に引きつけて撃っているから、やっぱり距離が問題だった。

コルクは今まで微動だにしなかったぬいぐるみをわずかに揺らしこそしたが、結局撃ち落とすには至らない。

「やっぱりパワーが足りませんね。今から筋トレでもしますか」

「アホか」


時雨のボケを雑にあしらう。

パワーが足りないかもというのは想定内だ。

だから、二皿買ったんだ。


「時雨。俺とお前で同時に撃つぞ」

「あっ、ああ！　なるほど！　数でパワーを補うわけですか！　でも、それって大丈夫なんですか？」

「力を合わせてって言ったのはおっちゃんですよね」


ここでおっちゃんがＮＯといえばお手上げだ。

だから言うだけ言って吹っ掛ける。

するとおっちゃんは、白い歯を見せて笑った。


「他所(よそ)では知らんが……、ウチは親父の親父の代から『アリ』だ」

よしっ。サンキューおっちゃん。

「というわけだ。息あわせるぞ、時雨」

「はいっ！」

言質（げんち）を取った俺達はさっそく二人で同じ景品に狙いをつける。

ここまでくればもうぶっちゃけ消化試合だ。

ぬいぐるみの大きさはソフトボールより一回り大きい程度。

コルクとはいえ二発同時に当てれば、後ろへ倒すことくらいは簡単だった。

一度後ろへ倒れれば、あとは自重に引っ張られて景品棚から滑り落ちる。

「やったー！　おにーさんすごーい！」

「はいおめでとう」

おっちゃんは喜ぶ時雨に景品のぬいぐるみを手渡し、言った。

「最初は彼女と比べてさえない彼氏だと思ったけど、なかなか機転が利くじゃないか。頭を使える男は将来しっかり稼ぐぜ。ちゃんと捕まえときなよ。嬢ちゃん」
「ええ、監禁してでも逃がしません」

いやそもそも彼女じゃないです。

「見て見て、可愛い！」

時雨は獲得したぬいぐるみを腰のベルト穴に結び付けて俺に見せびらかす。
子供かと言ってやりたくなったが、本当に嬉しそうな時雨の表情を見ると、茶化す気は起きなかった。

「ありがとうございます。さっきのおにーさん、カッコよかったですよ」
「っ～…………」

照れもなく褒められて、頬が火照る。
……俺は、何をしてんだろうな。

こんなのまるでデートだ。

本来は晴香と、彼女と来るはずだった花火大会で、俺は——

「次は綿あめ行きましょう。綿あめっ」

でも俺が何かを考える暇もなく、時雨は俺の手を引いて次の屋台に歩き出す。

「まだタカる気かよ……」

「それはもう。今日私、もう晩ご飯作る気ないですからね。おにーさんも何か食べないとご飯抜きですよー」

……ホント、しょうがねえ奴だ。

まあ付き合うしかねえか。

弱みを握られてるし、……飯抜きも嫌だしな。

「だったらあとで焼き鳥も買うぞ」

「いいですねー。美味しそうですっ」

こうして俺達二人は花火がはじまるまでの間、屋台で遊びまわった。

輪投げや型抜きで一喜一憂して、綿あめやイカ焼きみたいな普段は食べないものを食べ歩いて、そうこうしているうちに花火の打ち上げ時間になる。

だが花火がよく見える土手に登った瞬間、俺は猛烈な尿意を感じ、時雨に場所取りを任せてトイレに急ぐ。

女子トイレは行列が出来ていたが、幸い男子トイレはそう待つこともなかった。

出すものを出してから俺は土手に戻って、人混みから時雨の姿を探す。

周りは家族連れやカップルが多くてなかなか見つけられなかったが、時雨の方が俺を見つけて手招きしてくれた。

「おにーさん、こっちこっち」

「花火間に合ったか？」

「ええ。ギリギリですよ」

「あれ？　お前に預けてた俺の焼き鳥は？」

「おにーさんは馬鹿(ばか)ですね。鳥なんだから飛んでいったに決まってるでしょう」

「あ、そっか……」

……そうか？

「あっ、おにーさん！　はじまりますよっ！」

「…………――――」

なにかに気付きそうになった俺だったが、その思考は轟音と光にかき消された。

川縁を渡す橋の上。雲影一つない夜空に光の花が咲く。

一つ咲くとまるで花束のように次々と。

綺麗だ。

素直にそう感じた。

そう思えた。

そう思えるなんて、思っていなかったのに。

絶対に来たら後悔すると思っていた。

晴香と来るはずだった花火大会に時雨と行っても、もやもやが強くなるだけで、楽しいなんて絶対に思えないって。

だけど、——俺は今……とても楽しいって感じてる。

来てよかったとすら。

それは……時雨のおかげだ。コイツに振り回されているうちに、なんだか自分も楽しまないと損な気がして、遮二無二遊んだから。

昼間の憂鬱な気分はだいぶ軽くなった。

まあ、散々集られて財布の方もだいぶ……いやかなり軽くなってしまったけど。

はたして恨めばいいのか感謝すればいいのか。


そんなことを考えながら俺は隣の時雨に視線を向ける。

すると、視線が交わる。

時雨が花火を見上げずに俺を見つめていたから。

そして彼女はどこか安心したように微笑んだ。

「よかった。おにーさんがちゃんと楽しそうで」

「……ちゃんと楽しそうって、なんだよ？」

「だって、昼間家に帰ってきたときのおにーさん、ひっどい顔してましたもん」

その言葉に、思わず息が詰まる。

だって……俺はそんな素振り時雨には見せていなかったはずだ。

そんな女々しいところ、見せたくなかったから。

だけど、

「な、なに言ってんだ。たしかに土壇場でリスケすることになって、ちょっと残念だったけど、その代わりに明日はデズニーだぜ？　全然そっちの方が絶対楽しいだろ。むしろお得じゃんか」

「そうは思えなかったから、あんなに泣きそうな顔してたんでしょう？」

そう言った時雨の瞳は、どこまでも真っすぐに俺を、――俺だけを映していた。

「おにーさんすぐ顔に出るんだもん。ほっとけないですよ。あんな顔見せられたら」

人混みも、星空も、花火すらなく、ただ今ここに居る俺だけを。

良いところも、悪いところも、弱いところも、なにもかもをありのままに。

「……へっ。嘘つけ。俺の金で遊びまわりたかっただけのくせによ」

「あはっ。バレちゃいましたか？　やっぱりこういう屋台は親や他人のお金で遊ぶに限りますねー。コルク五発で三百円って。自分の財布からはバカバカしくてとても出せませんよ」

「ほらみろ。すぐ正体……現しやがる……」

強がろうとした悪態。その言葉尻がもつれる。

おどけて見せる時雨に上手く軽口を返せない。

だって……、集りたかったってのが嘘だって、俺にはわかるから。

全部気付いてくれてたんだ。

気付いて……元気づけようとしてくれていたんだ。

晴香は、気付いてすらくれなかったのに。

「っ、…………っ」

「おにーさん……？」

「な、なんでも、ない――――、～っ」

体の奥、最も深い部分が、心が、震える。
それは身体ごと震わせるほどに大きく、強く、押さえつけようにも止められない。
ヤバいと、思った。
俺は止めないと、溢れさせるわけにはいかないと。
だけど――

「うぁ、っうつ～～～～!!」
「お、おにーさんっ!?」

熱いものが俺の奥底からせり上がってくる。
止めようもなく、涙と嗚咽になって溢れ出す。
胸の奥に秘め隠して、殺すと決めた時雨に対する愛おしさが。
俺の醜態に時雨は驚き、……でもすぐに、優しく抱きしめてくれる。
周囲の目から、俺の恥を隠すように。

ふわりと、甘い香りと優しい温もりが、俺を包んでくれる。
その温もりに俺は、キャンプの夜のことを思い出した。
あのときも時雨は……俺を支えてくれた。俺を守ってくれた。
時雨は本当にいつも俺を想ってくれている。
きっと、この世界の誰よりも。……晴香よりも、ずっと。

なのに――

どうして俺は……俺が一番苦しいときにいつも俺を包んでくれるこの愛情に、自分の本当の気持ちを返すことができないんだろう。
どうして、……今溢れ出して悲鳴になりそうなほどの愛おしさを、噛み殺すしか許されないんだろう。

それは考えてはいけないことだ。
絶対に許されない後悔だ。
だけど、だけど、俺は思わずにはいられなかった。
ああどうして、どうして……

どうして俺は、晴香と出逢う前に、時雨と出逢えなかったんだろう、――と。

たぶんこのとき、この瞬間に、俺の初恋は……終わったんだ。

カノジョの妹とキスをした

I kissed My Girlfriend's Little Sister

EX2　魔法が解ける夜

快速で数駅、オフィス街に程近い歓楽街にある有名ホテル。

そのロビーにあるカフェであたしは件のプロデューサーと顔を合わせた。

「こ、こんばんわっ！　今日は誘っていただきありがとうございますっ！」

「ハイこんばんわ。こっちこそゴメンね。昨日の今日でいきなり呼びつけちゃって」

「いえ、大丈夫ですっ」

見た目は三十代半ばくらいだが、落ち着いた物腰からはもう少し年上の印象も受ける。

たぶん後者が正しいと思う。

ママもそうだけど、この業界の人は基本、実年齢より若く見えるから。

「前から八神先生に話だけは聞いていたんだ。演劇部の後輩に素質のある子がいるって。そこにあのバズり騒動だろう。他所が声をかける前にボクも逢いたくなってね。……今日来てくれたってことは、出演の件はオッケーということでいいんだよね？」

「…………え？」

出……演？　なにそれ？

あたしが聞いていたのは、部長の受賞作の映画化を指揮してるプロデューサーが、あたしに会いたがっているというところまでだ。

突然の話に瞬時にパニックになったあたしは、すがるように隣に座る部長を見やる。

「あ、もしかして言ってなかった？　今撮影中の映画の端役に晴香ちゃんを使いたいって話だったんだけど」

「ぜ、全然聞いてないですよっ⁉」

「えー、そんなことないよー。確かに私は…………あーゴメン、映画に使いたがってるとは言わなかったかも。でもプロデューサーが晴香ちゃんを打ち合わせに呼びつける要件なんてそのくらいしかないんだからそこは察してよー」

なんて無茶なことを言うんだこの人は……！

絶句して言葉が出なくなる。

そんなあたしの顔色を見て意思確認ができていないのを察したのか、プロデューサーは困ったように言った。

「あらら、八神先生しっかりしてくださいよ。先生はいつも言葉が足りないんですから」

「仕方ないでしょー。想像力が豊かだからそうじゃない人間の気持ちがよくわかんないのよー」

「まあ伝わってなかったなら改めて聞くけど、どうかな？　役は主人公の同級生でそんなセリフも多くはないんだけど、芝居の世界に興味があるならいい経験になると思うんだ」

プロデューサーは改めてあたしにそう提案してくる。

確かに予想外の事態で混乱してしまったけど、あたしが今日部長についてきたのはそういうチャンスを掴みたかったからだ。

そのチャンスがさっそく目の前に転がってきた。

ならこれはあたしにとって、良い予想外だ。

……心臓の音がすごい。体が熱い。背中から汗が噴き出してぐっしょり濡れてるのがわかる。

調子に乗ってるんじゃないか。

勢いだけで分不相応な世界に飛び込もうとしているんじゃないか。

何もかもが都合よく行きすぎている。

なにか、とんでもないしっぺ返しが待っているんじゃないのか。


冷静な自分がそう囁く。

その不安は確かにある。

だけど……、このいくつもの強運が重なって舞い降りたチャンス、今勇気を出して掴まなければ、あたしはその臆病をずっと後悔し続ける。

それがわかる。

それは嫌だ。

だから……あたしは勇気を振り絞ってチャンスに手を伸ばした。


「や、やります！　やらせてください！」

「そうか。それはよかった。じゃあこれからは仕事仲間だ。よろしくね」

「はいっ！　よろしくお願いしますっ！」


言ってしまった。

もう引き返せない。

そうなると、うるさいほどの心音も落ち着いてきた。

部長も言っていた。ここまではただの運。この運を掴めるかは、手を伸ばす勇気と実力という握力だって。

勇気は出した。あとは力だ。


もしかしたらあたしにはまだ、その力がないかもしれない。

掴んだつもりのチャンスは手から滑り落ちてしまうかもしれない。

だけど……それは結果だ。あたしがどうこうできるものじゃない。

ここから先あたしにできることは、やるだけやる、やれることをやるだけだ。

全力を尽くそう。今よりももっと練習しよう。

デートの時間とかも少なくなってしまうだろうけど、博道くんは理解してくれる。

「じゃあ話もまとまったところで早くお店に行きましょうよ。ここの屋上のレストランでしょう？　私今日は糸井さんにごちそうになるつもりでご飯食べてきてないんで、お腹空いてるんですよー」

「わかっていますよ。でもあとちょっとだけ待ってくれませんか」

「どーしてぇ？」

「いや実はですね、僕以外にも晴香ちゃんに会いたがってる人がいて……」

「え、あたしに、ですか？」

「その話、私は聞いてませんけどー？」

「今日別の撮影現場で晴香ちゃんのバズり騒動のことが話題になってて、そのとき今日話題のシンデレラに逢うって話をしたら、俳優の一人が是非同席したいって言ってきたんですよ。晴香ちゃんのお母さんって昔俳優だったんだよね？　その俳優時代のお母さんと一緒に仕事をしたことがある人でね。子供の頃の晴香ちゃんにもあったことがあるらしいよ」

「え？　ママの……？」

誰だろう。ママが現役で活動していた時代はそんなに長くないけど、それでもあの頃は本当にいろんな人に逢ったから絞り切れない。

そもそも名前を憶えていない人が大半だ。

どうしよう。向こうは憶えてるけどこっちは憶えてないってすごく失礼なんじゃゃ……、

「ああ来た来た。こっちですよ、――高尾さん」

でも、その名前を聞いた瞬間、そんな心配は消し飛んだ。

あたしはその名前を憶えている。

忘れられる、わけが、ない。


「悪い悪い。タクシーが渋滞につかまっちゃってね。待たせちゃったかな」

「いえ。僕達が少し早く集まっていただけなので」

「――――――」


落ち着いた心臓がまた騒ぎ始める。

だけどさっきみたいに身体は熱くならない。

むしろ……、寒い。指先から凍り付くようだ。

そんな身体を無理矢理動かして、声のする方に振り向く。


「へぇ、綺麗になったね晴香ちゃん。オレのこと覚えてるかな?」

あたしの家族を壊した男が、そこにいた。

カノジョの妹とキスをした

I kissed My Girlfriend's Little Sister

第三十二話　初恋×バッドエンド

突然堰を切ったように涙を零し始めた兄に、私は動揺した。

自分のどの言葉がトリガーになったのかはわからないが、どうやら兄の傷に触れてしまったらしい。

慌てて抱きしめて慰めようとするも、兄の噛み殺すような嗚咽は止まらない。

もう子供とは言えない男子高校生が人目もはばからず涙を零すその姿は、みんなが楽し気な顔をしている祭り会場でこれ以上ないくらい悪目立ちした。

一体何があったのだろうとこちらに向けられる衆目。

……これはマズイと思った。

ここに来る前兄が言っていたが、この祭り会場には相当高い確率で星雲の生徒も遊びに来ている。衆目を集めることは私達の生活のリスクにもなるし、なにより兄にとって恥ずかしいことだろう。

ともかく人目に触れない場所に行くべきだ。

そう考えたとき、私は来る途中に駅前で見たネットカフェの看板を思い出した。

兄の手を引いて祭り会場を抜け出し、防音個室を謳うネットカフェに飛び込む。

そしてリクライニングチェアではなく、マットレスが敷いてあるフラットタイプの部屋を選んでそこに兄を押し込むと、私はドリンクバーで二人分の飲み物を淹れた。

飛沫が飛ばないようにという設計だろうか。じれったいほどちょろちょろと流れ落ちるホットココアを眺めながら、考える。

一体何が兄の感情を刺激してしまったのだろうかと。

でも、わからない。

別に特別なことを言った覚えがないのだが。

結局、ココアが小さなマグカップ二つをいっぱいにする程度の時間では何もわからなかった。

私はため息を一つついて、これから兄とどう接しようかと考えつつ部屋に戻る。

防音を謳うには軽すぎる扉を開けると、先ほどまで表情を伏していた兄が顔をあげていた。

「落ち着きましたか？」

「……悪い」

目は真っ赤だが、もう涙は流れていない。

嵐のような激情の一瞬はとりあえず過ぎ去ったようだ。

「馬鹿みたいだよな。たった一日、デートが後ろにズレただけで……もうガキって歳でもないのにこんな……」

「気持ちの制御ができなくなるときくらい、誰にだってありますよ」

三畳ほどの狭い個室。兄と肩を並べるように腰を落とす。そしてココアの入ったマグカップを渡しながら、私は彼を慰めた。

……兄が決壊した原因は姉のドタキャンらしい。

私のいずれかの言葉が、その悲しさをぶり返らせてしまったようだ。

「こんなの、私が言うのも変な話ですけど、あんまり我慢しすぎない方がいいですよ。おにーさんのことだから、姉さんが頑張ろうとしているのに邪魔しちゃ駄目だとか、そう思って自分の気持ちを押し殺したんでしょうけど、そこまで嫌だったならちゃんと嫌だって伝えないと、疲れちゃいますよ」

言いながら、可笑しくなる。

何を助言しているんだか。

兄と姉の関係がこじれるのをこの世で一番喜ぶ人間のくせに、と。


「……言ったんだけどな……」

「え？」

「ホントは言うつもりなんてなかった。応援しなきゃって思ってた。だけど、今日は俺を選んでほしかったんだ……。でも、結局俺はそれを引っ込めちまった。食い下がって、選んでもらえなかったらどうしようって、怖くなったんだ」


情けないよなぁ。と兄は頭を掻く。


「晴香は俺と結婚したいとまで言ってくれたのに、あんなに俺のことを信じてくれてるのに、俺は晴香のことを信じきれずに、また勝手に不安になって……。ホント……成長がねえ」

兄はそう呟いて、自分を咎めるように苦い顔で唇を噛む。

……一方私は、とても驚いていた。

この兄が一度でも姉に反抗したという事実に。

そして、だからこそ……——私は笑ってしまった。


「あはっ、あははっ」

「時雨？」

「なんですかそれ。バカみたい」

姉と自分の想いの強さ、その差に引け目を感じて自分を責める兄の姿に、笑わずにはいられない。まったく、どこまでお人よしなんだろう、この人は。

「おにーさん。結婚指輪がどうしてダイヤモンドなのか。その理由を知ってますか？」

「確か、すごく安定した物質だから、永遠に変わらない愛と掛けてるんだったか」

「昔、その石に永遠の愛を誓った一組の男女がいました」

「な、何の話だ？」

「二人は恋をして、愛し合って、二人の可愛い女の子を儲けました。お母さん似のとても可愛い双子の女の子です。四人は家族になって、とても幸せな時間を過ごしました」

そこまで言うと兄は私が何の話をしているのかを察した顔になる。

「……永遠であるはずの幸せは長く続きませんでした。双子の女の子が大きくなるにつれて、お父さんが家にいない時間が増えました。家に帰ってくるのが日を跨いでからという日も珍しくなくなって、家族四人で食卓を囲むこともなくなりました。

　女の子は今でもはっきり覚えています。女の子達にご飯を食べさせて、寝かしつけて、でも自分は決して夕食に手を付けようとせず、ずっとお父さんの帰りを待っていたお母さんの姿を。それが何度も繰り返された光景だったからです。

　でも、それもずっとは続きませんでした。そのうち待つことに疲れてしまったお母さんは、自分の寂しさを埋めてくれた人と間違いを犯して、永遠だったはずの愛は砕け散ってしまいました。――おにーさん。お母さんは、情けない人だったのでしょうか？」

「…………情けなくなんか、ない……と思う」

　なんだ。わかっているじゃないか。

「そう。永遠に変わらない愛なんてそんな都合のいいものはこの世にはないんですよ。どんな言葉も、どんな契約も、ダイヤモンドだって、何一つ愛情を保証してなんてくれない。今伝えること、伝わること。それが愛のすべてでしょう」

愛が永遠なんじゃない。

今そこにある絆（きずな）を永遠にしたいと願い、努めること。その行為を指して愛というのだ。

なら、願うこと、努めることをやめれば、色あせるのは当然じゃないか。

「おにーさんは自分を姉さんに比べて情けないと言いましたけど、まるで逆です。姉さんがおにーさんとの絆を揺るぎないものと疑わないのは、おにーさんが自分の愛情を必死に伝えているからです。何度拒絶されても、許される範疇（はんちゅう）を模索して、必死に愛情を示そうとしてくれるおにーさんの姿を見ているから――」

だから、貴方が自分から逃げられないことを理解している。

「そしておにーさんが姉さんを信じられないのは、姉さんの努力が足りないからです。たった一日の空白さえ苦しくなるほどに、姉さんがおにーさんに何も返していないからです。なのにおにーさんは自分ばかりを責める。……ホントに滑稽（こっけい）ですね。そんなに重いですか？　貴方がこんな顔をしている時に、隣にいようともしない女の騙（かた）る本当の愛とやらが？」

「時雨……」

ホント、バカみたいだと私は笑う。からからと笑う。
だって——そうしていないと、涙が溢れそうになる。

さっき姉と兄の関係が拗れて一番喜ぶのは自分だと思った。

だけど二人の間の不和を知って、私の胸に溢れかえった感情は喜びなんかじゃなかった。

それは息がつまるほどの、憎悪にすら等しい、姉に対する憤りだ。


……なんで、傍にいてあげない？

この人が今日までどれだけ貴女を尊重してきたと思っている。

貴女の望むスキンシップ。貴女の部活に合わせたスケジュール。ホントはもっと触れたい、もっと逢いたかっただろうに、全部押し殺して、ずっとずっと、悔しくなるくらい貴女のことばかり想っていた。

そんな恋人が……堪えきれずに吐き出した、今日一緒にいてほしいというお願い。

それがどれだけ追い詰められた果てに出てきたものか、なんでわからない？

嘘を吐くのが上手い人でもないのに。

それほどに……何も見えていないのか。

何も見ていないのか。

目の前にいる恋人が、どんな表情をしていたかさえ。

っっ～～～～、

悔しい。悔しい悔しい、悔しい！

悔しさで胸が焼けるように痛んで、表情が歪みそうになる。

どうして貴女なんだ。

どうして私じゃ駄目なんだ。

どうしようもなく恨み言が頭を巡る。

私なら、私と過ごす時間にあんな表情させないのに。

ただ私より出会うのが早かっただけで、たったそれだけで、どうして――

でも、……そのたったそれだけが兄にとっては重いのだ。

自分が一度語った愛をなかったことにできない。たとえそこに心がもうついて行かなくなっていたとしても、自分からは裏切れない。

彼は優しいから。優しくて弱いから。他人を傷つける勇気がないのだ。

そんな兄の弱さが恨めしい。もどかしい。

だけど――

そう思う半面、そんな彼だからこそ、私は好きなんだ。

不器用で、臆病(おくびょう)で、間違っても自分から他人を傷つけられない。

そんな人だからこそ、大切にしたい。私のすべてを使って慈(いつく)しんで、笑顔にしたい。

そう思う。強く想う。だから……


「おにーさん。姉さんに、思い知らせてやりませんか？」

「思い知らせる……？」

「あの人が当たり前に貰(もら)えると思っているもの。それが当たり前でないことを。どうしようもないくらい鈍感な姉さんでも、おにーさんが自分以外の誰かと恋人みたいなことしていたら、流石(さすが)に焦(あせ)って、おにーさんを取り戻そうと努力するんじゃないかなぁって思うんです。……私が、そのお手伝いをしてあげますよ」

彼の手を握り、彼が自分を許せる理由を甘く囁く。

我ながら下心が透けて見えるひどい理由付けだと思う。

だけど、どんな不格好なこじつけでもいいから、今、この人の心に触れたかった。

でも――


「……嫌だ」

返ってきたのは予想よりも強い拒絶の言葉だった。

×　×　×

甘い提案だった。

時雨はいつだって俺の弱さを肯定してくれる。

俺の弱さを、受け入れてくれる。

この提案を受ければ……きっとさぞ楽しいだろうと思う。

自分は晴香を裏切っていないと、薄っぺらい自己肯定をしながら、愛される快楽だけを貪ることができるんだから。

そう、海でのキャンプの後、時雨の中に晴香を見て自分を慰めていたときのように。

でも俺はそれを――――すごく嫌だと感じた。

「……嫌だ。やめてくれ」

「……そう、ですか。そうですよね。流石に下心が見え透いていましたか」


いたずらっぽく笑う時雨。

……時雨は本当に俺のことをよくわかってくれている。

でも、俺だって一緒に暮らしているうちに、少しは時雨のことに詳しくなったつもりだ。

だからわかる。

この提案に下心なんてなかったことが。

時雨が……俺のために憤ってくれていることが。

上っ面(うわつら)の笑みの下に、俺に対する深い愛情があることを信じられる。

だって時雨は……もう何度も何度も、あらゆる機会あらゆる理由を使って、自分の愛情を俺に伝えてくれているのだから。

　今この瞬間も。


　愛は約束ではない。

　今伝えること、伝わること、それがすべてと彼女は言った。

　だから……いつだって時雨は必死なんだ。

　俺が、晴香に対して必死だったのと同じくらいに。


　そんな、なりふり構わない真剣さに、俺は今まで何を返してきただろう？


　何も返してない。

　いやそればかりか、時雨の中に晴香を見てその愛情を無遠慮に貪った。散々貪ってから突き放した。そのあとも、俺は芽生えた感情を腹の底で枯らすと決めて、言葉にしなかった。

　それがどれだけ寂しいことか、不安なことか、泣くほど知っているくせに。

　その上また俺は時雨の気持ちを利用するなんて、——嫌だ。

　たとえ時雨自身がそれを許してくれているとしても。

俺はもう、そんな半端な気持ちでこの健気さと向き合いたくない……！

「ごめんなさい。余計なおせっかいでしたね」

時雨は残念そうに俺の左手から手を離す。
そこを今度は俺が逆に捕まえた。
時雨の瞳が驚きに見開かれる。
そこに映る俺に、俺の中の冷静な自分が問いかける。

お前は、今から口にしようとしている言葉の意味を理解しているのか。
それにふさわしい覚悟ができているのか。

……正直、わからない。

もしかしたら俺は、ただ楽な方に逃げたいだけなのかもしれない。
晴香のことを忘れさせてくれるなら、誰でもいいのかもしれない。
俺にはもう、俺自身のことすらよくわからない。

でも……悩んで苦しんでぐちゃぐちゃになって、だけどたった一つ、たった一つだけ嘘じゃないと、気の迷いなんかじゃないと言い切れる確かな感情がある。

心の奥底に、今も枯れずに残ってる。

だから俺はそれを、――言葉にした。


「俺も、お前が好きだよ。今この瞬間、誰よりも」

「――……」


伝える。

隠していた気持ち。

絶対に外に出してはいけなかった愛情を。

初めて……時雨に返す。

これに時雨はしばし目を丸くしていたが……


「……フフフ、やーっと堕ちやがりましたか。おにーさん」

やがて意地の悪い笑みを見せた。

またずいぶんと明け透けな言い草だ。

でも情けないことに否定はできない。俺は肩をすくめ、敗北を認める。

「ああ。俺は結局、最初から最後まで時雨に勝てなかったな……」

「クソ雑魚のおにーさんが私に勝てるわけがないじゃないですか。なのにずいぶんと手こずらせてくれましたね。まったく……ホントに……、っ」

ふと勝ち誇る時雨の言葉が次第に尻すぼみになる。

意地の悪い笑みもクシャリと崩れる。

そして、どうしたと問う間もなく、時雨の目尻から涙が零れ落ちた。

「……ぁ……やだ……」

「時雨……」

「あれ……あれれ……おかしいなぁ。もっと上手に強がれるって思ってたのに……、っ」

恥じるように時雨は両手で顔を隠す。

でも、体と声は一層ひどく震えて――、

「約束も、立場も、何もいらない……。そんなの全部姉さんでいい……。ずっと……、っ、好きって、言ってほしかった……！」

「っっ～～～～～！」

好きだ。

好き合う二人なら当たり前に交わされる、他愛もない言葉。

それを……こんなにも心待ちにしてくれていたのか。

そして俺は、そんな程度の言葉すらこの子に返していなかったのか。

しゃくり上げる時雨の姿に、先ほど一度は収まった激情が、愛おしさが、心の奥底から湧き上がってくる。

だけど今度は胸の内に止めない。

溢れ出すままに抱きしめる。力加減なんてない。殆ど掻き抱くように。

そうせずにいられなかった。

時雨も、同じ気持ちなのだろう。

すぐに俺の背に手を回し、爪を立てるよう強く縋りつく。

俺を求めてくれるその痛みが、愛おしくて、愛らしくて、もっともっと与えたくなる。


「っ…………！」


唇を奪う。

俺から時雨への、初めてのキス。

たくさん貰っていたのに、今まで何も返せなかった。

その償いをするように、心の奥底から溢れかえってくる言葉にできない愛おしさを注ぎ込む。

だけど、胸の中に膨らむ愛おしさは、どれだけ注いでも注いでも、尽きることがない。

苦しい。

感情が胸の中で大きくなりすぎて、息ができない。

もどかしい。

息を継ぐたびに離れてしまう唇。その僅か数ミリの距離が。

もっと伝えたい。もっと知ってほしい。

その衝動に突き動かされるまま、俺はより強く深くキスをする。

でも――ふとその刹那、俺の脳裏にキャンプの夜の光景がよぎった。
本気の愛を伝えて、拒絶された苦い記憶が。
また同じ失敗を繰り返すのか。
俺は慌てて唇を離そうとする、――が、

「っ、やめちゃ、やぁ！」

時雨が背中に回した手で、俺の後頭部を押さえつけてきた。
逃げないでと。
そして時雨の方からより深く繋がりを求めてくる。
唇を食み、身体を擦りつけて、全身で俺に愛情を示してくれる。
その愛情は、俺の苦い記憶を一瞬で消し去ってくれた。

……気持ちいい。
自分の愛情を肯定してもらえること。

そして、それ以上の愛情で応（こた）えてもらえること。

それが……こんなにも幸せなことだったなんて。


「時雨……好きだ……っ」

「私もっ、…………んっ」


——もちろん……今やっていることがどういうことなのか、俺にだってわかってる。

俺と時雨の関係の先には、破滅しかないということも。

俺には晴香という恋人がいて、時雨は晴香の妹で、そして俺達は義理の兄妹なんだから。

俺達はきっといろんな人間に非難される。親も、友人も、恋人も……みんなが俺達を蔑（さげす）むかもしれない。

だけど……

『強烈な執着が自分の生きている世界を、『たった一人』と、『それ以外』とで、真っ二つにしてしまう。それが愛というものでしょう』

そのすべてを、俺はもう恐れない。

だって、この先何が起きようが、どんな困難が待っていようが、隣に自分のことを愛してくれるたった一人が居てくれるなら、それ以上に上等なことなんてないんだから。

この想いを伝えられるなら、俺はなんだってしよう。

そう、このとき俺はようやく、時雨の気持ちに追いつけたのだ。

第三十三話　まじわる×シスターズ

「はーーーー……、ひっどいブス顔……」


もう花火帰りの客もいなくなった夜の10時。

最寄駅から家までの道中、コンビニで朝食の菓子パンを買って店を出ると、入り口で時雨が携帯のセルフカメラを見ながら深々とため息をついていた。

「気持ちが抑えきれずに泣いちゃうなんて、私もおにーさんのこと笑えませんね」

実際時雨の目元は腫れていて、目も充血してしまっている。

それでも、ブス顔だなんてまったく思わないが。

「……あー、首のところ痣になってる。おにーさんガッつきすぎですよぉ」

「お、俺だけじゃねえだろそれは」

ジト目で抗議してくる時雨に反論する。

そこに関してはお互い様だと。

あの後……自分でもびっくりなんだが、俺達は飽きることもなくずっとキスしたり、抱き合ったり、他にもこう……なんやかんやして、気が付いたらこんな時間になっていたのだ。

「まったく。俺の事どんだけ好きなんだよ。お前は」

「んー、おにーさんが私を好きなのの10倍くらいはまあ軽いかと」

「む……そんなことはねえだろ」

「えー。でも私とおにーさん、お互いに好きって言った回数はそのくらい差があると思うんですけどぉ」

う、まあそれは確かにそうだ。そこは俺の負い目でもある。

「……でも、こういうのは量より質だろう。これからだ、これから」

「ふーん」

俺がそう言うと、時雨は意味ありげな笑みを浮かべ、俺の腕に抱き着いてきた。

「じゃあ家に帰ったらその質の方を期待しちゃっていいってことですよね？」

「へ、帰ったら……？」

「あれあれ～？　おにーさんはもう満足しちゃってるんですか？　私、全然質も量も足りてないんですけどぉ？」


時雨は挑発するように言いながら、俺の腕に自分の身体を押し付けてくる。

ふにふにと押し当てられる柔らかい感触に、先ほどまでの高ぶりがまたぶり返してくる。

物足りないのは俺の方も同じだったからだ。

今回は場所も悪かったし用意もなかった。だから、その、あれだ。散々イチャイチャした俺達だけど、肝心なことだけはできていないんだ。


「やっぱりおにーさんより私の方が好きみたいですね」

「お、俺だってまだまだ足りてねえし！　全然だ！　家に帰ったらお前覚悟しとけよ！」

「フフフ。その威勢(いせい)が最後まで持ってくれることを期待してますよ♪」

ギュッと、時雨が俺の腕を摑(つか)む力を強くする。

逃がさないぞという彼女の意思が伝わってきた。

……時雨の方はもう完全にスイッチが入ってしまってるらしい。

そして……かくいう俺の方も。


「…………」


こんな状態で二人きりの家に戻ったら、どうなってしまうのか。

……やっちゃう。たぶん、いや絶対やっちゃう。疑いの余地なんてなかった。

だって俺、今めっちゃ時雨とエッチしたいって、思ってるから。


思い返せば晴香(はるか)相手にこういう感情を持ったことはなかったかもしれない。

晴香のことが嫌いだったとかそういう話じゃない。

よく男はエッチが好きだとか、男はエロくて当たり前、女より無責任なんて言われるし、晴香だって一度俺の気持ちを身体目当てと罵(ののし)ったけど、わかってない。

ぶっちゃけ男だって怖いんだ。

怖いから……そんな簡単にやりたい、やろうなんて思えない。

少なくとも俺は。

どうしても頭をよぎる。たかが学生の分際で、そんな無責任なことをしていいのか。未来を見据えていない。彼女を大切にしていない。身体目当てのクソ野郎——って。

でもそんな考えにまさって、したいって思えるのは……他でもない時雨自身がそれを望んでくれてることを心から信じられるからだ。

疑わないほどに、彼女がずっと俺に愛情を伝えてくれていたからだ。

時雨が望むなら俺は……俺にできる全部で応えたい。

それが永遠を約束できない感情を、永遠に近づけるたった一つの方法だから。

そんなことを考えているうちに、視界に俺達の家が見えてきた。

全身が緊張で汗ばみ始める。

雨風で腐食し穴だらけになった鉄板の階段が一つ軋むたびに、心臓の鼓動が速くなる。

そして二階に上がった俺達は——

「博道くん!!」

ドアの前、屋根の影に座り込んでいた、ここに居るはずのない、居てはいけない人物の声に、凍り付いた。

「やっと……帰ってきてくれた……」

「はる、か……？」

どうして晴香が、家の前に居るんだ。

今日、芸能界の誰かと打ち合わせに行ったはずの晴香が、こんな夜遅くにどうして。

あまりの混乱に声も上手く出せなくなる。

一方俺の姿を見た晴香は、

「……あの、あたし……っ、あたし……！」

しゃくり上げるような涙声で何かを言おうとした。

見れば、晴香の顔は何時間も泣きはらしたようにボロボロだった。

いつも明るい彼女が。

何かがあったのはすぐにわかった。

だけど、

「あ、れ……？」

その何かを語るよりも早く、俺の隣に立つ時雨の存在に気付いた晴香の顔から、表情が剝(は)がれ落ちた。

「どうして……時雨が博道くんと一緒にいるの……？」

こうして、俺達の物語は加速する。
わかりきっていた結末にむかって。
そう、わかりきっていたことだ。
俺と時雨の恋に、和(なご)やかなハッピーエンドはありえないと。

あとがき

担当「海空先生、一巻のあらすじでいもキスのジャンルをなんと言いましたっけ」
海空「不純愛ラブコメだね」
担当「二巻のあらすじでは……？」
海空「……不純愛ラブコメだね」
担当「もひとつ質問いいかな。——ラブコメディどこ行った」
海空「君のような勘のいい編集は嫌いだよ」

おひさしぶりです。海空りくです。

本当にお久しぶりです。マジで。申し訳ないです。色々理由はありますが大体全部コロナの奴が悪いんです。

自分は基本深夜のファミレスで執筆していた夜型作家で、それでかれこれ五年以上続けてきたんでコロナのせいでファミレスが深夜営業しなくなってホントしんどい。昼に書けないから深夜の夜道をわざわざ片道一時間も歩いてファミレスに通っていたというのに。あとマスクが慢性鼻炎持ちの自分には息苦しくってめっちゃキツイです。基本口呼吸なんで。もう気分は突然陸で生活するように強要された深海魚です。死ぬわ。

早く元の生活に戻りたいけど、たぶんこのマスク文化はもう滅ぶことはないんでしょうね。日本だと特に。十年もすれば漫画やアニメも外のシーンはみんなマスクしているのが当たり前の世界になったりするんでしょうか。非常に憂鬱(ゆううつ)です。

まあ愚痴はいくら言っても言い足りないのでこの辺にして、いもキス三巻、ご購読ありがとうございました。

さて……今回ついに博道の初恋が終わってしまいました。誰が悪いんでしょうね。俺は一人一人が真剣に考えた結果なので、誰も悪くはないと思っています。博道も、時雨も、晴香も。ただ一つ、はっきりしていることは、博道は間違い無く代償を支払うことになるということです。それがどういう形になるかはまだ伏せますが、最後まで三人の行く末を見届けてもらえれば、と思います。

『カノジョの妹とキスをした』、次回最終巻。ご期待ください。

ファンレター、作品の
ご感想をお待ちしています

〈あて先〉

〒106－0032
東京都港区六本木2－4－5
SBクリエイティブ(株)
GA文庫編集部 気付

「海空りく先生」係
「さばみぞれ先生」係

**本書に関するご意見・ご感想は
右のQRコードよりお寄せください。**

※アクセスの際や登録時に発生する通信費等はご負担ください。

https://ga.sbcr.jp/

カノジョの妹とキスをした。3

発　行　　2021年9月30日　初版第一刷発行
著　者　　海空りく
発行人　　小川　淳

発行所　　SBクリエイティブ株式会社
〒106－0032
東京都港区六本木2－4－5
電話　03－5549－1201
03－5549－1167(編集)

装　丁　　AFTERGLOW

印刷・製本　中央精版印刷株式会社

ISBN978-4-8156-1225-2
Printed in Japan

GA文庫